大塚警察南署

東大寺花子事件簿

多田すみ江
Tada Sumie

文芸社

大塚警察南署　東大寺花子事件簿　／目次

転任

「東大寺花子、杉並東署から大塚警察南署への転任を命ずる」

辞令を受け取るやいなや、ひと文句つけようと署長室へと一目散。

しかし敵も然《さ》る者、そろそろあいつが来る頃だろうと腹をくくって待っている。

案の定、ドタドタと足音を響かせ、乱暴気味にドアを開け、ひとりの女が怒鳴り込んできた。

「署長！　なんで私が異動なんですか！　わけを言ってください、わけを！」

「うるさい！　決められたことは守ってさっさと行くところへ行け！　それとも何か？　人里離れた山奥にでも行くか？　ひとつやふたつのガキじゃあるまいし、言われたとおりにしろ！」

これまたえらい剣幕である。

「でも……」

「デモも安保もあるか！」

……まったく下手な洒落。安保っていったいいつ頃の話やとブツブツつぶやく。

「まぁーだいるのか！　お前なぁ…、いつまでもぐだぐだ言ってると仕事無くすぞ。それでなくても足手まといと陰口を叩かれてるのを知ってるのか？　わかったらモタモタするな、花子！」

……そこまで言わなくても。何が親代わりだ、性格悪いぞ。一生恨んでやる。人の顔見りゃ怒るか怒鳴るかしか知らないクソ親父。死んだ父ちゃんが聞いたら怒るわ。

扉にぶつかりながら、しぶしぶと出ていった。

翌朝、花子は転任先へ向かっていた。

……エーッと、地下鉄を上がって護国寺、護国寺と。おおっ、ラッキーなところに交番が鎮座ましましているじゃないの。

「あのー、大塚警察南署へ行きたいのですが……」

「ハイ、ここに立ってまっすぐ向こう、二つ目の信号がありますね。その右横にある大きな建物が講談社で」

「あの……、講談社じゃなくて……」

「人の話は最後まで聞いてください。その左隣が大塚警察南署です」

親切すぎるよお巡りさん、と小声でつぶやいたあと、礼を言って交番をあとにする。

……それにしても垢抜けないところへ左遷されたもんだ。でもまぁ一応五階建てか。

「失礼します」

「ハイ、何でしょうか？」

「あの、捜査一課に行きたいのですが？」

「刑事課に何のご用ですか」

「いいえ、教えていただければ結構です。自分で行きますから」

「そちらが結構でも、ハイ、どうぞと通すわけにはいきませんよ。何か伝えることがあれば伝えますのでご用件をどうぞ」

「だからですね、あなたお名前は？」

「エッ」

「お名前は？」

「津田と言いますが、それが何か？」

「あのね、津田さん」

と言いかけたとき、奥のほうから二、三人の男が飛び出してきた。

「あ、山さん」

津田が声をかけた。

「あとあと！　江戸川橋でひったくり事件だ」

「今出て行ったのが刑事課の連中です」

「あ、あの……」

声をかけながらついて行き、いつのまにか捜査に加わっていた。

六十歳くらいの女性が、自転車を降りようとしたところ、後ろからきた男にバッグをひったくられたという。

「ちょっと聞きますが、あの……、お婆ちゃん、相手の顔は見たんですか？」

「私はお婆ちゃんじゃありませんよ、失礼な！」

花子の言葉にかなりオカンムリのご様子。

「オイオイ、何だあんたは。ダメじゃないか勝手に入ってきちゃ。あなたの知り合いの人ですか？」

「私は知りませんよ、こんな人」

「あの……」

「あのじゃないだろう。あっちへ行った行った」

「あのですね」

「だから何？」

「東大寺と申します」

「東大寺がどうかしたのか？」

「花子と言います」

「花子……？」

「本日をもって杉並東署から大塚南署へ転任を仰せつかりました東大寺花子と申します。どうぞよろしくお願いいたします」

ペコリと頭を下げたものの、しばしの沈黙。

「どこから来たって？」

「杉並東署からです！」

「東署って何言ってるんだ。そんな話、聞いてないぞ」

「だったら今、聞いてください。私は東大寺……」

「それはもう聞いた」

「杉並東署から」

「それも聞いた。何なんだ。今それどころじゃないだろう。邪魔だ、どけ！　すぐ終わるから隅のほうで見てろ」

「あの、先輩」

「やかましい。気安く先輩と呼ぶな。今会ったばかりのおまえに何で先輩と呼ばれなきゃならんのだ。それに何でこんな所にいる。面接は署だろうが」

「それがですね……」

一歩前に出ようとしたところに追い討ちをかけられた。

「とにかく邪魔だけはするな。二、三歩下がってついて来い」

貞淑な妻じゃあるまいし、今時なんて古くさい……。

「わかったのか!?」

「ハ、ハイ、了解しました」

「返事はハイだ。英語は使うな。日本人だろうが」

なんじゃコイツは、一生好きになれんだろうなぁ……と思っているうちに署についた。

「大塚警察南署は五階建て、一階が交通課、二階が刑事課。あとはおいおい説明していく。こっちが山倉さんこと山さん。中西、それに今はいないが竹下刑事がいる。私が倉本だ。エーみんな聞いてくれ。今日から……」

「あの、杉並東署から転任してきました東大寺花子と申します。どうぞよろしくお願いいたします」

さっさと自分で自己紹介してしまった。

皆も呆れ顔。

「それから、今日は休んでいるが、相澤百合子君が明日には来るので、細かいことは彼女から教えてもらってくれ。百合子君には、事務兼、いろいろと手伝ってもらっている」

「ハイ、わかりました」

直立不動のまま深々と頭を下げる。

お茶で乾杯とは、何というケチくさいこと。とんでもないところに来てしまったと、酒には目がない花子はご機嫌斜めのまま家路についた。

「ただいま」

「ママ、どうしたの？　何かぐったりしてるみたいよ。初日からこれじゃ先が思いやられるわ」

「あそこには馴染めん。おまけにケチ。言うことにいちいち角がある。もう寝る」

「ごはんは？」

「いらん」

「お風呂は？」

「いらん」

「汚いよ、ママ」

「汚くたって死にゃあせん」

と、まるでオヤジ。

「そっとしておきなさい」

「でもお婆ちゃん」

「いいから、さやか」

翌朝、花子は元気良く出勤していった。

「おはようございます」

「おはよう、花子君。ン？　何してる？」

「ハイ、地図を見ています。この辺りの地理を覚えておこうと思って」

「地図なんか見てもわからん」

またケチをつける……と花子の独り言。

「歩け。そうすると何がどこにあるか一目瞭然だ。今から行ってこい」

「エー、今からですか？」

「また文句か？」

「ハイハイ、じゃなくてハイ、行ってきます」


かれこれ二カ月が過ぎ、身辺のあわただしさも少しは落ち着いてきた。ひったくりの犯人も無事捕まって、のんびりとした雰囲気。

「花子君」

「ハイ」

「お茶を入れてくれ」

「エッ、私がですか?」

「百合子君がいないんだから、お茶ぐらい入れろ」

いかにも面倒くさそうに、おお……と欠伸をしながら立ち上がった。

「お茶お茶、と。でも課長、どうしてここはこうも事件がないんでしょうね」

「バカモン！　お前はいったい何を考えているんだ！　刑事が事件を待ち望んでどうする！」

「でも、あっちでもこっちでも事件事件と騒いでいるのに、ここだけはねぇ。あっ、もしかして課長。裏で事件をもみ消しているんじゃないでしょうね」

「なにィ!?」

「それでよくお尻にタコができませんね」

「お前なぁ……」

「あ、顔がタコになってます」

「東大寺！　うっとおしい奴だ。あっちへ行ってろ！」

そこへ百合子女史があわただしく入ってきた。

「何だ、騒々しい。花子の悪いところをマネするんじゃない」

「花子さん！」

急に呼ばれた花子が反射的に答える。

「ハイ！」

「花子さんは東大卒業なんですね」

皆が疑惑の眼差しで百合子女史を振り返る。

「百合ちゃん、何でそんな冗談を」と一同苦笑。

「冗談じゃありません。杉並東署から書類が届いたので事務に持っていったら、花子さんの履歴書があって、そこにちゃんと書いてありました」

「人のプライベートな書類を見るのは違反じゃなかったっけ？」

「花子さん、私は仕事ですから」

「あらそう、それじゃ私は聞き込みにでも行ってきます」

「おい、花子君。お前はいったい何の聞き込みに行くつもりだ」

ニコニコ顔の花子が言った。

「何かありませんか？　課長」

「バカモノ！」

課長の大声が室内に響き渡ったとき、電話が鳴った。

再会

「ハイ、刑事課。豊島区雑司ヶ谷で通り魔事件発生。女性が刃物で刺され、重傷を負った模様」

「東大寺、相手は女性だ。慎重に調書をとってくれ」

「ハイ」

「被害者は東大分院に運ばれたそうだ。すぐ行ってくれ」

「分院ってどこですか？」

「なに!?　お前、まだ何も調べてないのか。だからその辺をウロウロしろと言っておいただろうが。何ひとつ守っていないのか、バカモノ！　この階段を降りて横の坂を上ったらすぐ右だ。走れば一分、車より速い、走れ！」

……走れ、走れって馬じゃあるまいし、そんなに走れるか。おまけにこんな引っ込んだ場所じゃわかるか。エーッとナースのいる所はと……。

「すいませんが」

「ハイ」

「あの、熊沢さんにお会いしたいのですが」

「どちら様ですか?」

「警察の者です」

「ダメですよ。絶対安静ですから」

「いつ頃会えますか?」

「もう安定剤を打ちましたので、明日また来てください」

花子はすぐさま署に戻った。

「山さん、今日はもうダメです。話もさせてもらえませんでした」

「そうか、犯人を早く捕まえなくてはな。それじゃ、目撃者がいないか池袋一帯をあたってくれ。中西、行ってくれ」

「ハイ、行ってきます」

「じゃ、わたしも」

花子が立ち上がろうとする。

「花子君は少し休め」

「嘘でしょう、課長」

「お前が動くと何かと騒がしい」

一方、病院では、「ハイ、医局ですが」と看護婦が電話を受けていた。

「ただいま先生は席を外しておられますが、戻られましたらお伝えしておきます」

電話を切ったところへ立花が戻ってくる。

「あっ、立花先生。杉崎先生からお電話がありました。お手すきでしたら手伝ってほしいとのことでしたが」

「どこから?」

「オペ室からでした」

「それじゃあオペ室へ行ってきます」


「山さん、分院へ行ってきます。ダメかもしれません。落ち着いていればいいんですが」

まさかそこで運命の出会いがあるとは思ってもいない花子である。

「まぁ行ってみてくれ。中西も一緒に行ってくれ」

「どうせダメですよ、山さん。僕は聞き込みにまわります」

「じゃ、そうしてくれ」

「それじゃあ」と中西が出ていった。


「立花先生、警察の方が熊沢さんに会いたいといらしてますが。もう二、三回来てますよ」

「ウン。五、六分ならいいだろう」

「すみません。今、手が離せないので、先生、対応お願いいたします」

「どこにいる?」

「廊下だと思いますが」

「ン?　いないじゃないか」

女性だとは思っていないのでウロウロしていると、後ろから「先生でいらっしゃいますか」と声をかける者がある。

目と目がバッチリ合った。

「あの、熊沢さんにお会いし…、エッ？　嘘…、先生、たちばな君…秀才…なの？　嘘でしょう？」

「エッ、花子…君？　東大寺なのか。こんな所で何やっているんだ」

「何って、みかさんに会いたいのですが」

「みかさん？」

「熊沢みかさんです」

「ああ、そうか、警察、うーん、東大寺警察、か？」

「東大寺警察じゃありません」

わけがわからない会話のまま、「一分、いや三分なら、うーん」「五分にしてください」と二人とも頭の中が混乱気味である。

「先生、話は後にして熊沢さんに会います」

花子は自分で決めてしまった。

全身の力が抜けて頭の中が真っ白になり、心身のバランスがとれないような不思議な気分だった。

被害者に会った後、報告を署に入れる。

「山さん、会うには会ったんですが話は聞けませんでしたので、明日また行ってきます」

一方的にそう言うと電話を切ってしまった。

「おい、花子君……。切りやがった。あいつ、酔っ払ってたのか?」

「まさか……」と竹下が口添えした。

「そんなわけありませんよ、勤務中なんですから」

「それにしても電話で報告とはいったいどういうわけなんだ!」


「ただいま」

「お帰り。ママ、お酒くさい……。ほら、危ないよママ。お婆ちゃん」

「ただいま、お姫様。ただいま帰りました」

「あらあら、何でこんなになるまで飲むかね」

「さやかちゃーん」

「痛いよ、ママ。痛い」

「ほら、痛がってるじゃないの、もう離しなさいよ。花子、いい加減にしなさい。怒るわよ」

「ママ、何かあったのかなぁ」

「あの人のやることは、もうわかりませんよ」

翌朝、花子は頭がガンガンさせながら聞き込みにまわり、その後、署に向かって歩いていた。

署に電話が入る。

「ハイ、刑事課。エッ、捕まったんですか？　それではすぐに伺います」

「中西、竹下はどこに行った」

「聞き込みにまわってますが」

「ウーン…」と唸っているところに花子が帰ってきた。

「ただいま」

「おお、ちょうどいい、花子君」

「ちょうどいいって何ですか？」

「今、池袋署から連絡があって、通り魔の犯人が捕まったそうだ。すぐに行って事情聴取して、その足で病院にまわってくれ」

「あの……」

「何だ！」

「私は今、帰ってきたところで疲れていて……」

「お前なぁ、出かける前にいつも文句を言わないと気が済まないのか。どういうつもりでいちいち口答えするんだ。そのうちに仕事無くすぞ」

あれっ、その言葉どこかで……、あっそうか、杉並のくそ親父か。なぜか妙に懐かしい。

「あの、山さんは？」

「出かけている」

「いつもいなくない？」

中西がたまらず「花子さん行きますよ」と声をかけた。

「さっさとしないと徹夜になるぞ」

「場所はどこですか？」と、まだグズグズしている花子の腕を、「僕が知ってますから」と中西が強引に引っ張っていく。

「西署だぞ」

「ハイ、ハイ」

「ハイは一回だ！」

「一回じゃ聞こえないんじゃないかと思って気をきかせたんです」

「なにをー！」

「いい加減にしてくださいよ、課長も」

中西が堪りかねて怒鳴った。まるで犬と猿だ、この二人は…と、無理やり花子を引っ張って部屋を出ていった。

「それでは僕は署に戻りますから。花子さんは分院に行ってきてください。二人で行くとまた怒鳴られますから」

「ねえ、中ちゃん」

「ハイ?」

「どうせ怒られるなら、コーヒーでも飲んでいくか?」

「ダメですよ、花子さん。まじめにやってください」

「冗談よ」

どうしたらあんなにまじめになれるのか、弟子入りしたいぐらいだと花子は思った。

「失礼します。熊沢さんにお会いしたいのですが」

「どうぞ。五分だけですよ」

どうも五分だけがクセになりそうだ。

「こんにちは、東大寺です。外はとっても気持ちがいいですよ」

「……」

「ハイ、コーヒー」

窓の外を見ながら花子が話しかける。

「みかさん、好きな人います? ああ、ごめんね、みかさんの青春、これからだもんね。私は十数年片想いして今でも引きずってるの。でもちょっと辛くなってきたところ。あれ、こんなくだらない話をしてごめんなさい。あぁそうそう、この間から病室の前をウロウロしている男性がいたので調べてみたら、どうやらみかさんを心配して来ている星の王子様のようよ。みかさん、身近に心当たりの人がいないか、考えてみてくださいね。無理かもしれませんが、心の傷、早く治して素敵な王子様に会えますように。それからね、犯人、捕まりました。今日で事情聴取、終わりになります。いろいろとありがとう。そしてごめんなさい」

頭を下げて病院を出ていった。

これでひと段落と思ったのもつかの間、張り込みが始まった。

「山さん、ハイ」

「おお」と花子の差し出すコーヒーを受け取った。

「少し寝てください。来ますかね、久保は……」

「ウーン、そろそろな」

「山さんの勘ですか。でもわざわざ捕まりに来ますかね」

しばらくすると、怪しげな男が視界に入った。

「あれ、あそこ、久保じゃ……、久保ですよ、山さん！」

「落ち着け」

「ハイ」

「中に入るまでゆっくりな、ゆっくり……。よし、今だ！　久保！」

「山さん、裏、裏、窓、窓」

その時、久保が翻《ひるがえ》って花子に襲いかかってきた。勢いで久保のナイフが花子の腕に刺さる。花子はそのまま階段を転げ落ちていった。

「痛たた……、山さん、久保を追ってください」

「おい、花子君！　いいから早く早く」と怒鳴る。

今さら追っても、もう逃げられているだろう。

「大丈夫か？　救急車を呼ぶからな」

「いいですよ、いいですから」と立ち上がって歩き出した。

「車まで我慢して歩け。いいからつかまれ」

山さんも、犯人を逃してしまった自分に憤りを感じていた。

「今さらどうにもならん。とにかく病院だ。花子君、知っている医者がいると言っていたな。どこだ？」

とりあえず病院へ花子を送り届けると、山倉は署に戻っていった。

花子は花子で病院で大げさに騒いでいる。

「そんなに暴れると縫合ができませんよ。ハイ、終わりましたよ」

「こちらにどうぞ」と、立花の前に座らせられた。

「一週間は安静にしてください」

「エーッ、一週間もですか？」

「十針も縫ったんだから、化膿したら大変でしょう？」

「二、三日たったら傷を見せに来てください」と、看護婦が皆、言ってくれた。

礼を言って外へ出た花子に、「送るよ」と言いながら後ろから立花が出てきた。

「いいよ、一人で大丈夫だから」

「玄関まで」

二人とも無言のまま、やっと口を開いた花子。しかしなかなか言葉が出てこない。

「ねえ、先生、この病院無くなるの？」

「どうして」

「ほら、あそこに書いてある。廃止って」

「ああ……、二、三年後に本院と統合するみたいだ」

「先生、もしかしてクビ？」

「さあ、な……」

冗談で聞いたのに、またまた元気がない。

「花子」

「うん」

「もうひと回りするか」

「エーッ、ここを？　だって先生、今日当直なんでしょ？」

「うん、ひと回りだよ」

本当にひと回りだった。

「先生、どうもありがとうございました」

「花子」

「ハイ」

「必ず来いよ、傷を見せに。待ってるから」

花子もニコッと笑った。

「ねー、秀才君。私たちってもしかしたら会えたのは奇跡？　それともめぐり逢いの映画みたい？」

「映画ってなに？」

「ダメか、やっぱり。じゃ、またね。先生」と手を振った。

少し遠ざかってから一人呟いた。

「先生、会えて良かったね」

署では予想通りお目玉が待っていた。

「犯人を逃したうえに怪我までして、どうなってるんだお前たちは。なぜ応援を呼ばない。少しは身を入れてやっているのか身を入れて」

「すみません」と謝る山さん。

「山さん」

「いいからお前は黙ってろ！」

身を入れろ、身を入れろって味噌汁じゃあるまいしよく言うよ。何も知らないくせに……とブツブツ呟く花子。

「何か言ったか？　少しは静かにして反省しろ！」

いつまでもグダグダとコノーっと思った時、山倉が誘いをかけてきた。

「花子君、一緒に始末書を書きにいくぞ」

そう言ってスタスタと部屋から出ていった。

「山さん、申し訳ありません」

「気にするな。俺も悪いよ」

「でも応援も忘れてしまって」

「これから挽回すればいいさ」

「ハイ、気を入れてしっかりやります」

翌朝。立花はぼーっとしていた。

「先生、そろそろ患者さんが来ますが。先生この頃少し変ですよ。何か悩み事ですか？

先生モテますからね。恋の悩みなら聞きますよ」

「ああ。患者さんを呼んでください」

「ハイ」と言った岩田も立花のファンである。


「おはようございます」と傷も痛々しく花子が部屋に入ってきた。

「そんなんで出てきても仕事にならんだろうが、休め休め」

「大丈夫です」

「何が大丈夫だ、休め」

「あの、電話番でもしようかと思って」

「電話番でもとは何だ！」

するとと百合子が突然立ち上がった。

「あの、私、花子さんといっしょにやります。花子さん、お願いします」

そこへタイミングよく電話が鳴る。

「ハイ、刑事課」

「あの……東大寺花子さんをお願いします」

「ハイ、東大寺ですが」

「やっぱり思った通りだ。安静にするようにって言ったろ」

あ、秀才だ……。

「大丈夫です。今日から一週間、電話交換手ですから安心してください。それでわざわざ」

「花子君」

その時、後ろから課長の声が。

「何ですか?」

「何ですかじゃないだろう。私用電話はするなといったろ」

「したんじゃありません。かかってきたんです、かかって」

「いちいち文句を言うな」

電話口の向こうから、「どうかしたの?」との声。

「いやいや」

小さな声で、「今、ライオンかオオカミが吠えたもんで」

「秀才、それにしても昔と変わってないね、ハッキリしなくて小さな声は」

課長が「長電話するな」と言いながら、「会議に行ってくる」と出ていった。

「それにしても立花君、何か用ならハッキリ言わないと夜が明けてしまうけど」

「今日、会えないかなぁ……」

「ハイ、遅くなるけど傷見せに行きます」

「そうじゃなくて、会いたいんだ」

しばしの沈黙。

「じゃ、どこかで待ってて」

「うん、警察の前で」

「ちょ、ちょっとねぇ……。ああ、講談社は、秀才」

「じゃあ分院の前に、ダメだよな……、花子、決めてくれよ」

「エッ……、あそこはどう? 『リビエラ本郷』の」

久しぶりの再会に話もはずむ。

「懐かしいなぁ、何年振りかなぁ……」

「おいおい、何十年振りってことはないんじゃない」

「何年振りだろう、花子、思い出すよなぁ」

「大学時代、あの頃の秀才、モテまくってたもんねぇ。私が秀才を連れ出すと、もー大変。次の日みんなに囲まれて、一人行動とるなと言われて大変だったなぁ……。幸子、陽子、京子、久美、あっ久美は花岡君と結婚したか。それで、立花君は誰と一緒になったの？」

「うん……」

「どうかした？　何か怒ってる？」

「別に……、俺は一人だ」

「えっ、何て言ったの？　一人って結婚してないってこと？　嘘でしょう？　それって考えられないなぁ、寂しがり屋の秀才が一人でいるなんて」

「いいだろう。一人でしゃべるなよ」

「それはいいけど、でも本当の話かなぁ」

「しつこいな」

「ごめんごめん」

「花子は結婚したんだろ?」

「東大寺花子、三十五歳、子供一人」

「う、やっぱりしたんだ」

その時、立花の電話が鳴った。

「病院から?」

「うん」

「今日、手術した患者がいて……」

「エッ、それじゃお酒飲んでる場合じゃないよ」

「でも俺の患者じゃないんだ。少しの間席を外す先生の代わりなんで、十二時頃までに行けばいい。少し歩こうか」

「この道もよく歩いたね。このまま分院まで送っていこうか。酔いも醒めるしね」

「いいよ。俺は酔ってないから」

「遠慮はいらないよ。大学時代よくお世話になったしね」

「何のお世話したっけ」

「あの頃、よく身代わりデートしたよね」

「したんじゃなくて無理やりだろう。それこそ遠慮なくよく使ってくれたよなぁ。いやな奴に誘われたからと言って俺のことを都合のいい時だけ彼氏代わりにして」

「そうだったっけ?」

「よく言うよ、まったく。あの時……」

「エッ、何?」

突然ポケベルがピーピー鳴り出す。いいところになると必ず邪魔が入る。

「ハイ」

「東大寺?」

「山さん」

「今どこだ」

「本郷です」

「何してる」

「歩いてます」

「バカ！」

「バカって」

「車に乗ってすぐ戻れ」

「私は今日は非番で……」

「うるさい！　急用だ、走れ。今すぐだ。また、酔っ払ってるのか。お前はアル中か！」

　一方的にそれだけ言って切れた。

　しょうがないので署に戻る。

「何でこんな時間にみんないるんだ？　山さん、何かあったんですか？　あれ、さやか？　何でこんな所にいるの？」

「こんな所とは何だ！」

「あ、すみません、。でも、どうして？」

「ママ、お婆ちゃんが足の骨を折ったの。階段から落ちたの」

「どこの階段から？」

「家のよ」

「何で」

「エレベーターが故障で階段を使ったら踏み外したらしい。さやか君からの知らせで入院させておいた。君の近くがいいと思い分院に運んでおいた。たいしたことはないようだ。今日はもう遅いから明日一番で行って来い」

「ありごとうございました。それにしても何で親子で分院に世話になるかなぁ」

「大学時代に学費を滞納したツケがまわってきたんじゃないですか」

竹下が皮肉った。

「それってどういう意味よ」

「別に意味はないですよ」

「さあさあ、みんなで残業してもしょうがないから帰れる者は帰れ。さやか君、お疲れさまだったね。おじさんが送ってあげよう」

「ハイ」

山さんと嬉しそうに出て行くさやか。

「あ、それから花子君。携帯は切っておくなよ。お前はいざこざの名人だからな。探すのが大変だ。すぐつながるようにしておけよ」

一夜明けて張り込みの現場。

「山さん、代わります」

「長くなるぞ。その辺で飯でも食って来い」

「花子さん、行ってきてください」

「大丈夫。私はさっき食べたから」

「じゃあ竹下、お前先に行って来い。久保もすぐには来んだろうから」

「それじゃ、お言葉に甘えて行ってきます」

「山さん」

「何だ、花子」

「久保は本当に犯人なんですかね。店長が刺された時、そばに女がいたって目撃者がいましたよね。野次馬が大勢いたのでその中の一人だと思っていたんですが、その女が久保に何か渡したような気がするって目撃者がいて。今になってそんなこと言い出すなんてね。でもちょっと気になるんです。それがナイフで、もしかしたら久保はその女をかばってるんじゃないかって。すいません勝手なこと言って」

「いいから続けろ」

「どうしても納得がいかなくて。久保とあの店長との接点が。なぜ久保があの店長を刺さなきゃいけなかったのか」

「うーん」

「山さん、女が！」

「竹下、女が動いた。すぐ戻れ！」

「どこへ行くんでしょうか。買い物じゃなさそうですよ。あれ、公園のほうだ」

竹下も息をきらして戻って来た。

「あ、あそこ！　山さん、久保です！　まっすぐに久保！　私はあっちにまわります！」

「よし、行くぞ！」

「ハイ！」

「久保！　いつまで逃げるつもりだ！」

「さとるさん、逃げて！」

「京ちゃん、来るな！」

両手を広げて邪魔をする女を振りほどいて竹下が久保に飛びかかる。

山さんと花子も追いつき、やっとの思いで逮捕した。

「久保、いい加減にしろ！」

「だから、さっきから言ってんだろ！　カッとなって刺したんだと」

「じゃあナイフはどうしたんだ！　お前が持っていったのか」

「あいつがナイフで脅してきて、もみあっているうちに刺してしまったんだよ。刺したことは認めてるんだからいいじゃねーか」

「ふざけるな！　いい加減なことを言うんじゃない」

その時、竹下が「山さん」と声をかけてきた。

「女が自首して来ました」

「やっぱり来たか」

「久保。彼女が自首して来たぞ」

「関係ない！　彼女は関係ない！　俺は知らん」

「俺は知らんって、会ってたじゃないか。いつまでも嘘ついてると本当に二人とも幸せになれないぞ。どういう思いで彼女が自首してきたと思ってるんだ。よく考えてみろ」

山さんに諭されて、久保が訥々と話しはじめた。

「京子の勤めている店に通ううちに、彼女に惹かれて一緒に住みはじめた。でもそれを知った池谷が嫌がらせをするようになったんだ。それでも京子は我慢していた。京子の母親が病気で、池谷が金の面倒を見ていたからね。池谷と店を辞められずにいる京子のことで喧嘩になって、彼女を連れて店を出ようとした時、ナイフを持って追って来た池谷ともみ合いになった。刺されそうになった俺をかばおうとして、落ちたナイフを京子が拾って……」

「課長、それで久保が身代わりになったというわけです」

「ドラマのような愛ね、ステキ」

「変なことで感心するんじゃない」と課長。

「でも山さん、正当防衛になりますか？」

「そうはならんだろう。死なせているからな。素直に罪を認めたことで多少軽くはなると思うが……」

突然花子が大きな声を出してみんなの前で頭を下げた。

「課長をはじめ、皆様にはいろいろとご迷惑をおかけいたしました」

「オイオイ、どうした。急に熱でも出たか？」

「この事件では怪我までして本当に足手まといになりました」

やっとの思いで頭を下げた花子に課長がまた一言。

「ヘェー、お前にそんな殊勝な心があったとはなぁ。まぁ、せいぜい反省して頑張ってくれ」

この二人は一生性格不一致に違いない。

「花子さん、お疲れさま」

百合子がニッコリ笑ってコーヒーを差し出した。

秘密

午後の診察の時間も終わりに近づき、やっと患者も途切れた頃、電話が鳴った。

「ハイ、しばらくお待ちください。先生、田所さんという方からお電話ですが」

「ありがとう。……おお、田所、久し振りだなぁ。どうした、元気か?」

「ああ、ところでいつでもいいから会ってくれないかぁ……」

「それはいいが、どうかしたのか?」

「会った時に話すよ」


「この店も懐かしいなぁ」

「うん、田所、今何やってるんだ」

「証券会社だ」

「ほう」

「立花こそ医者とはな。政治学部だったからてっきりそっち方面かと思ってたよ」

「そっち方面ってどっち方面だよ」と苦笑い。

「女性陣は年に一度くらいは会ってるみたいだけど、男はそうはいかんよ」

「まあな。ところで何か用だったのか？」

「実は弟が二、三カ月から胃が痛いと言い出してな。なかなか医者に行かないもんだから、立花が医者だと聞いて一度診てもらえないかと思って。今は紹介がないとよく診てもらえないらしいから」

「何をバカな。そんなことはないよ、安心しろ」

「いや、お前だったら安心できるし」

「弟はいくつになる？」

「三十二歳だ」

「男は四十歳までは大体たいした病気はせん。たぶん大丈夫だろうが一度連れて来い。ついでにお前も一度診ておこうか」

「やっぱり来て良かったよ。これで少しは安心した」

「あぁ。ところで田所、子供は？」

「二人だ。六歳と四歳」

「そりゃあ大変だ」

「まあな。立花は？」

「俺は何だか行きそびれているよ」

「もしかして、お前、まだいろいろ選んでいるのか？」

「まさか」

「ところで話は変わるけど立花、お前、子供には会ってるのか？」

「田所、お前本当に殴るぞ。だからさっきから俺は一人だって言ってるだろうが」

「何も俺に隠すことはないよ」

「隠すって何をだ」

「おい立花。お前もしかして何も知らないのか？」

「だから何だよ」

「ウ……、困ったなぁ……、言ってもいいのかなぁ……」

「何だよ、男らしくないぞ」

「お前に男らしくないなんて言われたくないよ」

「だから田所、何だ」

「実はな、花子君、お前の子供を産んだそうだぞ。ほら、東大寺花子。お前達付き合ってたんじゃないのか？　心当たりはあるんだろう？」

「子供……ができる」

「おい、しっかりしろよ。昔から肝心なところでダメだよなぁ……。いや、家の奴に看護婦の友達がいてな。俺はてっきり一緒になってると思ったもんで、悪かったなぁ……。今のは忘れてくれ」

「忘れられるかよ」

別れた田所の背中を見ながら立花は思い出していた。

花子のことが好きだと一言も口に出せずに卒業してしまい、いつか二人が巡り合うために体だけは交わっておこうと言われ、たった一度だけ触れ合いをもった。体が崩れそうになるのをどうしようもなく、男ながらに胸の中に涙があふれ出しそうになるのを、酒をあおってごまかした。甘く苦い思い出だった。

一方、花子は山倉に誘われて居酒屋にいた。

「花子君、酒強いなぁ……。いったい誰に似たんだ?」

「さぁ……、自分でも分かりませんね」

「でも、仕事中は飲むなよ」

「エッ? 飲んでませんよお」

「目撃者が出たらかばいきれんぞ」

「わかってますって、山さん。もうやめてくださいよ」

「何かつらいことでもあるのか? 大事に自分の心の中にしまっておくのもいいが、一生抱え込むとなればこれはまた大変だ。花子君、少し変わったからなぁ。署に来た頃は、悩みなんてあるかってぐらいに颯爽としていたが、この頃は何か、つらいつらいっていう看板を背負ってるみたいだぞ……。外に出て酔いでも醒ますか」

「風……、気持ちいいですね。山さん、空に星がいっぱい」

「うん、星か。この俺とじゃロマンチックじゃないなぁ」

「そんなことないですよ。私、山さん尊敬しています」

「嘘つくと逮捕するぞ」

「本当ですよ」

「おお、そうかそうか。それじゃここに座れ花子君。胸のもやもやを素直に吐いてしまえ。そのほうが楽になるぞ」

「山さん、何だか刑事みたい」

「そうだ、俺は刑事だ。今から尋問する。頼むから素直に吐いてくれ」

山さんの優しい言葉にジンときた花子は、昔の記憶をたどっていた——。

大学時代の花子は恋多き女性だった。立花を好きになり、それを言葉に出せぬまま一度だけ思い出作りをしたものの、思いを抑えることができずヤケになる一歩手前で、お腹にさやかがいることが分かった。そこで生きなければと思い直したのだ。

心のうちを山さんに吐露し、「それで今も生きています」と言うと、涙があふれ出した。

気を取り直した時、目の前にはハンカチがあった。

花子が落ち着くのをじっと待って、山さんが口を開いた。

「それはとんだすれ違いだったな」

「エッ？」

「イタズラだよ、神様の。でも、さやか君のことは神様も彼に伝えているだろう」

「山さん」

「彼は一人だって言ってたなぁ……。気にならんか？　三十男が一人でいるのもつらいもんだぞ。女だてらに父親のマネなどして嫌な女にだけはなるなよ。背中の荷物、半分相手に渡してもいいんじゃないのか……。さあ、酔いも醒めた。明日も早いぞ、取り調べが待ってるからな。一人で帰れるか？」

「大丈夫です。山さん、ありがとうございました」

「うん。まっすぐ帰れ。酒屋へ寄り道すると逮捕しなければならん」

「ハイ、分かりました」

自宅に戻り、「お嬢様はすやすやとおやすみですね」と鼻唄まじりに久々にご機嫌なところへ、電話が鳴った。

……誰だ、こんな夜中に。

「ハイ、東大寺」

「うん」

「秀才？　あれ、電話番号教えたっけ？　どうかした？　こんな丑三つ時に」

「あ……、あのさ……、あのね」

「あのさ、このさって踊りの手拍子じゃないんだから、いったい何なのさ」

「いや、何か寝苦しい夜だと思って……」

「何？　秀才、頼むよ。じゃあこれからは、暑さ寒さに電話くれるわけ？　秀才の話はまわりくどくてわけが分からんよ」

「あ……、あの、熊沢さん、退院していった。花子君に、星の王子様に会えそうだと言ってくれって。ああ、それから、お母さん、たいしたことなくて良かったね」

「お母さんって私の？　エッ？　どうして知ってるの？」

「偶然、レントゲンで名前を見て、もしかしてと思って行ってみたらお母さんだった」

「だって秀才、お母さん知らないでしょう」

「でも、大学時代、二、三度会ったことがあるよ」

「そうだったっけ？　でもそんなことで電話を？」

「うん、あの……」

「また手拍子に戻る気？　もしかしてこの話は朝までかかる？」

「あの、この間、俺結婚してないって言ったよなぁ」

「エッ、うん、そう聞いたかも」

「今でも花子のことが忘れられないでいる」

秀才にとっては清水の舞台である。

「う、ん」

花子の胸がキューッと痛くなった。

「それからもうひとつ。噂で聞いたんだけど、さやか君、俺の子供だって？」

もう怖いものも何もない状態で、すらすらと言葉が出る。

「それって本当なのか、花子」

呼び捨てになっている。

「エッ、うん、何て言ったの？」

花子のほうもパニックになっていた。

「あの、今、いや今日は、じゃなくてずっと返事はいらないよ。だから、絶対違うと言わないでほしい。じゃ」

言いたいことをしゃべるとさっさと電話を切ってしまった。

「ちょっと、こんな大事なこと誰が噂で話したの？　秀才……、あ、切れてる」

突然さやかが飛んできた。

「ママ、ママったらどうしたの？」

「大変！」

「何が？」

「何がって、分からないけど大変なの」


「あら、お母さん、朝からどうしたの？　昨日帰ったんじゃなかったっけ？」

「あんた、何したの？」

「何って……」

「さやかが変な電話よこすから朝一番で来たんです。何があったか説明しなさい」

「説明って……」

「大変なことがあったんでしょう？」

「嘘」

「花子！　何なのこの子はまったく！」

「ああ、何だか頭が痛い。さやか、薬をもらいに病院へ行って来て」

「イヤよ」

「だって、お酒を飲んで痛いんでしょ。だから、イヤ」

「首振り人形じゃあるまいし、イヤイヤ言ってるんじゃないわよ。お願い、ママ、立花先生に電話しておくから。ねえ、さやかちゃん」

「立花先生って分院の？　分かった。行って来る」

「はぁ、何、その変わり身の早さは。さやか知ってるの、立花先生を？　どうして知ってるの？」

「うん、お婆ちゃんが足の怪我してる時、毎日来てたよ。さやか、食堂でラーメンとケーキを食べたよ」

花子は驚きまくって怒りまくった。

「何？　それじゃあんた達、あの頃から密会してたってわけ？」

「密会って何？　お婆ちゃん」

「花子、バカなこと言ってないで、ハイ、薬ならここにありますよ」

突然、声をあげて泣き出す花子。

「ママ……」

「もう、ほっておきなさい。花子、いい加減になさいよ。ホラ、電話よ」

ストーカー

「東大寺です。ハイ？　田中邸の坂下って？」

「すぐ来い。先に行ってる」

「あ、あの、田中邸って、角栄邸ですか？」

「何度も聞くな！　来ればすぐ分かる」

「ハイ、すぐ行きます」

もたもたする花子を二人が手伝い、押し出すように玄関から出した。

「疲れるね、お婆ちゃん」

「本当ね、まったく」


「山さん、遅くなりました」

「遅い！　もっと早く行動しろよ」

「何ですか？」

「泥棒だ」

「エッ、泥棒？」

「逃げられた」

「じゃあ捕まえましょうよ」

「どうした？　久し振りにまじめだな」

「おかげさまで、お酒を飲まなくてもいい薬をさやかがもらいに行ってくれるそうです」

「ほーう、それはそれは」

翌朝、寝ぼけ眼の花子が部屋に入ってきた。

「あれ、中ちゃん、当直だった？」

「竹下が今、コンビニへ」

「ところであなたは朝も早から何やってるの？　もしかして嫌がらせ？」

「エッ？」

「だから何で掃除してるのかって聞いてるの。私に対するあてつけ？」

「ほら、花子さん、そうやってすぐ怒るじゃないですか。お茶とか掃除とか言うと」

「だからって何もあんたが雑巾持ってウロウロすることないでしょう。『私の仕事をとらないで』っていつも百合ちゃんが言ってるの忘れたの？　百合ちゃんが来たら嫌われるよ」

「その百合ちゃんが休みなんです」

「エッ、何で？」

「知りませんよ。電話があって、休むと言って切りましたから」

「あんた、もしかしてバカ？」

　さすがの中西もこれには怒り出した。

「何ですか、それ」

「だって、普通は何で休むか聞くでしょ、子供じゃあるまいし。休みます、そうですかっておかしくない？　しっかりしてよね、中西君」

「何で俺が怒られなきゃならないんですか」

「行って来て」

「エッ？」

「エじゃないわよ。百合ちゃんは一人暮しよ。それに女はいろいろあるのよ、頭が痛いとかお腹が痛いとか、もしかしたらアンネの日記とか。一人で泣いているかもしれないし、とにかく見て来て」

「僕がですか?」

「僕とか俺とか言ってる場合? 今はどこ見ても中西君、君しか頼りになる人はいません。分かったら車ですぐ行く」

「分かりました。でも、アンネの日記って何のことですか?」

「あのね、中ちゃん、頼むから急いでくださらない? 早く行けー!」

と、最後は怒鳴っていた。

「まったく男のクセに決断力に欠ける奴だ……」

そこへ課長が入ってきた。

「おはようございます」

「おはよう。何だ、みんな。遅刻か?」

電話が鳴る。

「ハイ、刑事課。中西、何だ。分かるように話せ。来いってどこへだ、中西!」

「あ、課長、私が代わります」

「花子さん、すぐ来てください。相澤君が大変です。早くしてください」

「課長、相澤さんのところへ行って来ます。わけはあとで話しますから。竹下君、車」

「お、おい、何なんだ」


話を聞けば、百合子はストーカーに狙われていたらしい。

半年前からで、初めはたいしたことがないと思って、黙っていたのだという。何時《いつ》もすぐ帰るのに、昨日はいつまでも帰らなくて、家から出ずに我慢をしていたらしい。花子は、そんな百合子の異変に気付いてやれずに、ごめんねと、謝った。

「事情聴取は終ったのか」

「ハイ。それが意外と、あっさり素直に吐きました。道を聞いたら、その場所まで連れて行ってくれてとっても優しくしてくれたとかで、可愛くて、人目惚れしたとか。近所に越して来たばかりなので、とっても嬉しくて、お礼にお茶でもと声をかけたが何度も断られたらしいです。諦めきれずに、後を付けるようになり、脅《おど》かすつもりは、まったくなかったと言ってます。せめて花束だけでも受け取ってもらおうと家に行った。申し訳ありませんと頭を下げていました」

「それにしても大した事がなくて良かった」

みんなも一斉に頷《うなず》いた。

「花子君、しばらくは、相澤君の事を見てやってくれ」

「ハイ、分かりました」

「課長、ご迷惑をおかけいたしました。ありがとうございました」

百合子がみんなに頭を下げた。その時課長が、

「それからもうひとつ。相澤君、君はここの一員なんだから、これからはどんな小さな事でも何かあったらすぐに報告をするように。みんなも知らなかったじゃ済まされない事だからな」

「はい、課長。分かりました」

「それじゃ、早速お茶が飲みたいなぁ」

そう言うと、みんなが手を上げた。

「すぐ入れます」

その時、誰かが声を上げた。

「護国寺で喧嘩だ、急げ！」

「お茶、お茶……」

「帰ってから飲め」

しばらくして、頭に来たとブツブツ言いながら花子たちが戻って来た。

「こんな事なら、お茶を飲んでから出掛けても良かったですよ」

「怒ったって仕方がないですよ」

「平気なの？　中ちゃんは」

「くだらなすぎて、怒る気にもなりませんよ」と女言葉になっている。

「定期って、大事な物だろうが。拾ってもらったら、礼くらい言えよ」

「私だってそう思うよ」

「それを引ったくっていったら怒りたくもなるよ。虫の居所が悪かったなんて許されない。ちょっと頭を下げてくれれば、それで喧嘩にならずに終わったと、相手も言ってたじゃありませんか」

「まったくもう、腹が立つ……」

「花子さん、お茶です。ついでにお電話です」

「あ……ありがとう。ハイ、東大寺、あらさやか、どうかしたの？」

「ママ、あのね、ママ、立花先生」

「エッ？」

「明日、お誕生日なの」

「お誕生日……ちょっと、さやか、何でそんなこと知っているわけ？」

「いくら考えても分からないの。それでママに聞こうと思って」

「あのね、さやか。ああ、分かったから、とにかく帰ってから聞くからそれでいい？　じゃ切るよ」

私も知らなかったことを、何で知ってる。また密会か、と独《ひと》り言……。そういえば課長がいないけど、もしかして辞めたのかしら……。

「何か言ったか？」と、課長が入って来た。

「いえ、見えなかったので、帰ったかと思いましたので」

すると、意味ありげに、「リストラの相談だ」と、ひと言。この二人、仲がいいのか、悪いのか。すると百合子がすかさず言う。

「本当は花子さん、課長のこと、好きなんですよ」

「そうは見えんがなぁ」

「でも、山さんのことは、もっと好きだと思いますよ」

「まさか、冗談」

「いいえ、きっとそうですよ。お茶入れます」と笑っていた。


その夜、百合子は花子の家にいた。

電話が鳴る。

「きっとさやかよ。ハイ、東大寺、あら中西君」

「ちょっと気になって相澤君のところに電話をしたら、もう七時なのにまだ帰っていないので」

「あ……あのね、中西君、私の家にちょっと来てくれる？　すぐによ」

やがて中西が花子の家にやって来た。

「ホラ来た、中西君。開《あ》いてます。どうぞ、安心したでしょう、だいぶ心配してたみたいだから。でも良かったね。百合ちゃんすっかり元気になって。ね……中西君、コーヒー？紅茶？」

「あの、コーヒーお願いします」

「百合ちゃん、今日泊っていくといいよ。さやかがピザに凝《こ》っているみたいで。だから一緒に付き合って。中西君も食べていってよ。一人じゃ大変大変」

「ご馳走になります」

「百合ちゃん、明日から中西君が、時々送ってくれるって」

「あ、あの……ハイ」

「いいえ、私はもう一人で大丈夫ですから」

「でも、課長命令でもあるんだから。ね、いいよね」

「ハイ、分かりました。交代いたします」

「とんでもない。本当に大丈夫です」

「お送りします。課長命令なので、心配しないで下さい」と、なぜか敬語。

「同じ事を言うのは失礼でしょう。相変わらず決断力の足りない奴だ。ハイ、コーヒー。良かったら、ケーキもどうぞ。ケーキは百合ちゃんの差し入れですけど」

謎…々…


「ちょっと、集まってくれ。実は今、交通課と署長からの話があって、一人の患者を東大分院から東京大学病院へ転送させる事となった。明日九時に救急車の誘導に協力する事になったので、よろしく頼む」

「あ、あの、課長。救急車の誘導が何で刑事課で交通課じゃないんですか」

「ちょっとした事件があってな。分院に運ばれたが、本院でなければ駄目ということで。とにかくそこまでだ、署が関わるのは。無事に本院に送り届ければそれでいい。後はあちらの管轄になる」

「何か言っている意味がよく分かりませんが」

「署長からの命令だ。患者が危篤状態だから、何事もなく送り届ければいい。慎重に時間を守れ。明日九時だ。何度も言うように、遅れるな」

「山さん、何だか気持ち悪いですね。もしかして、暴力団絡み？　それにしても、こんな訳の分からない説明でいいんですか」と振り返ると、すでにそこには課長はいなかった。

遅刻どころか一睡もしないままに任務を終え、久し振りに、署でも事件も落ちついていてみんなもゆったりとしていた。

その時、けたたましく電話が鳴った。

「ハイ刑事課」

「江戸川橋で殺傷事件だ。行ってくれ」

「今日こそお茶を飲んで行くぞ」

「早く仕事に専念しろ！」

「課長、今日一日、私が課長の席に応募いたします」と花子。

「お前、どうしたらそういう考えになるんだ。もう何もしないでいい。中西、東大寺を地下の牢に入れておけ。飯も食わすな。竹下行くぞ」

そう言って、現場へ、課長自ら出向いて行った。

これには流石《さすが》の山倉も困っている。花子を連れて、現場に向かった。中西も渋々と出て行く。

一夜明けた。課長始め、山倉もまだ出勤していなかった。中西も竹下も昨日の事で、何か複雑な気分だった。

「おはよう」

その時山倉が入って来た。

花子が、何か引っかかるのか、前の事件の事を聞いてきた。花子も馬鹿じゃないので、謎めいた事は嫌なのであろう。

「あのね、山さん」

「何だ」

「この間の分院から本院に転送した患者さん、一体何だったんでしょうね」

「なんでまた、今頃になって」

「ウン、ちょっと、昨日の殺傷事件の事を思い出したもんで。別に関係はないんですけど、何か納得がいかなくて……」

竹下、中西も同じ思いを訴えていた。

「あの患者さん、この界隈で飲んでいて、例えば、お偉いさんとか……」

「たぶん、そうだろう。分院で死なせるわけにはいかない」

「それで？　それとも分院ではあの患者に合う機械がなかったとか……。ＣＴはあるけど、ＭＲＡが無いとか。いろいろ口実をつけて、それに課長が事件がらみと言ってたし……」

「お前、何をわけの分からんことを言っているんだ。無事に送り届けて、もう終わったことだろうが」

「それは、そうだけど、たまたま何もなかったから良かったけど、刑事として出向いた以上、中身も知らされずに誘導だけさせられて、もしも事が起きたらどうするつもりだったんでしょうね」

「もう、これ以上、根掘り葉掘り勘ぐるな！　忘れろ！」と念を押した。

「それより誕生日は行ったのか？」と話をすり替えた。

「あれ、山さん。なんでそんなこと、知ってるんですか。私よりみんなの方が知っているのはなぜ？」

「きっと顔に書いてあるんだろうよ」と冗談を言った。

「それがね、急患でダメになりました」

「それじゃ、さやか君、がっかりしただろう」

「さやかはいつでもコソコソやってるから、気にしていないみたいよ」

「まぁ、その代わり楽しみが後に伸びたと言うことだ。ところで、ハンバーガーまだ六十五円か？」

「残念、昨日で終わりました」

「腹が空《す》いたなぁ……行くか」

「そうですね、行きましょう」

二人は並んで歩き出した。

「山さん、早く行かないとまた、呼び出しが来るかも知れませんよ。何しろ運が悪いですからね」

とにかく、「口」の中にハンバーガーを入れましょうと意見が一致したところで、案の定ポケベルが鳴る。

「どうする？」と山倉が聞く。

「知らんふりをする」と言ったのに、「ハイ」と出てしまっていた。

運が悪いと言いながら、体は署に向かう。

「また、食いそびれた。今度は何なんだよ」

そう花子が言った時、山倉がひと言。

「花子君、しばらくは余計な事を考えずに仕事に専念しろ。幸か不幸か知らんがお前の仕事は刑事だ。続けるつもりなら、雑司ヶ谷で事件だ、付いて来い」

「いつも山さんは正しい」

走り出した山倉の後を追って行った。

「警察ですが、ちょっと、わけを聞かせて下さい。さっきから言ってるように、犯人は見たんですね」

「いいえ、見ていません」

「でもさっきは見たと言ったじゃありませんか、どっちなんですか？　見たんですね」

「見ていません。これじゃまるで押し問答です」

「被害者は、小田祐子、二十五歳、雑司ヶ谷、鬼子母神社内で、レイプされたという事です」

「あんな場所でレイプ？」

「鬼子母神の中は結構淋しい所です」

「そんな所へその女性一人で何しに行ったんだ」

「仕事場所が池袋で帰りはいつも普通の道を行くんだそうですが、その日は大勢の人がいたのでつい通ってしまったと言っていました」

「犯人は誰も見ていないのか？」

「ハイ、今のところは……。それで花子さんが被害者を病院に連れて行っています」

「そのまま聞き込みを続けてくれ」

「分かりました」

「しかし、目撃者の女性はなんで今頃になって見ていないと言いだしたんだ」

「もう一度、調べてみます」

「だが気を付けてくれ、脅かされている可能性もあるかもしれんからな」

「分かりました」と中西が答えていた頃、花子が署に戻って来た。

「ただ今帰りました。彼女を家まで送り届けて来ました。先生の話だと、今のところは何とも言えないけれど、粘膜に傷がないので彼女を襲った男性は、目的を果たしていないのでは……と、言っていました。母親の方も、そっとしておいてほしいと言っていますが、どうしますか？　しばらくは様子を見ますか？」

「そういうわけにはいかんよ。長引けば、それだけ大変になる。そういえば、もう一人、不審な男が逃げて行くのを見たという女性がいたが、そっちの方はどうした、中西？」

「ハイ、二十五歳の会社勤めの女性ですが、最初は話してくれましたが、仕返しを恐れているのか、何も聞けません」

「仕方がない。被害者の女性に、もう一度協力をしてもらうしかないだろう」

「そうですね……」

そう言いながらも中西の足は重かった。

「小田さん、何度も申し訳ありません」

まずは頭を下げる。

「どんな事でもいいんです。ズボンが黒かったとか、白い靴を履いていたとか……」

「エッ？　ヘアーバンドですか？」

「ハイ。はっきり見たわけではありませんが、頭にバンドか、紐《ひも》のようなものが見えたような……。それだけです」

「前に顔を見たと言われていましたが」

「あれは、どうしてそんな事を言ったのか分かりませんが、やっぱり見ていません」

「分かりました。また何か思い出したら連絡をして下さい」と、その場を離れた。

ですね」


「帰りました」

中西が入って来た。

「何も分かりませんが、頭にバンドか紐のようなものをしていたという事だけです。顔のほうは、見ていないと言うばかりで、そこのところは良く分かりません。でも、一歩前進ですね」

「何が前進なの」と花子が聞く。

「だって、頭にバンドか紐のようなものがあったという事は、髪の長い人物だという事もありますし」

「それって手掛かりになると思う?」

花子が一人、悩み始めていた。

「それにしても、ヘアーバンド、ヘアーバンド……紐、紐……男がヘアーバンドをしてはいけないという規則はないし……」

わけの分からない事を言い出した花子を見て、みんな嫌な気がしていた……。その時である。

「竹下君、ヘアーバンドする?」

「僕はしませんよ」

「そうだろうな……。中西君」

「しませんよ」

「何で先に言うのよ」

「髪の長い私でも、あんまりしないもんなぁ……ああ、もう分からん」

なげやり気味になったその時、

「お待ちどうさま」と、出前のラーメンが届いた。

「ここは涼しくていいなぁ、外は暑い暑い」

帽子を脱いで、扇《おうぎ》替《が》わりにしてあおぎだした。

「おじさん、ちょっとその帽子……」

「エッ？　帽子ってこれ？」

「そう、その帽子。前から被ってた？」

「いや、娘がね、暑いから被れってくれましてね。これがまた便利でして、後ろにバンドがあってチョイとどこへでも掛けられるんですよ。でもひとつ、難点を言わしてもらえばつばが長くて前が見えにくいんですがね。まぁ、それはこうして後ろ前に被ればいいってことですがね。エッ？　旦那方。さっきから、帽子帽子って言ってるけど、俺、盗んじゃいませんよ。なんなら娘に聞いてもらってもいいですぜ」

「ああ、ごめん、そうじゃないの。おじさん、ありがとう。今度チャーシューメンとるから」

　みんなが一斉に言った。

「これだ」

「犯人は帽子を後ろ前に被っていた。それがヘアーバンドに見えた」

「間違いありませんね」

　課長と中西が言った。

「よし、それじゃすべてをふまえて捜査を進めてくれ。仕返しを恐れて証言も難しいと思うが、一応説明だけでもしておいてくれ」

　捜査が動きだした。

「分かりました。彼女には婚約者がいて、相手の両親が結婚に反対をしているそうです。今回のことが知れたら、結婚どころか仕事さえも辞めることになると怯《おび》えています。もう一人の目撃者も母親の方が怒っていてどうにもなりません。しかし犯人は突然、カーッとなって彼女を襲ったのか、それともどこかで顔を知っていて狙ったのか、それがまだ分かりません。何かにつながらないものかなぁ……」

「中西君」

「ハイ」

「もしも歩いていて、キレイな人がそばに来たとしたら、突然発病することがあるか」と聞いた。中西がそれこそ突然に怒りまくった。

「何とかなりませんか、この失礼な女を」

「だって聞かないと、男の心理って分からないから。それに事件解明のために意見を聞いただけなのに、そんなに怒ることないでしょう」

「僕にだって常識ってものがありますよ」

「あらそう。じゃ、その常識人ってどういう人の事か教えて頂けませんか」

「知りませんよ、そんな事。自分の常識の無さを参考にすればすぐに答えが出ますよ」

「いつまでもいい加減にしろよ。二人とも外へ行って頭を冷やせ。馬鹿ものが！」

課長の一声が飛んだ時、受話器をとる「刑事課」と言う声と、大声が室内に響きわたった。

「第二の目撃者、谷口冴子が襲われた」

竹下と花子が、「行って来ます」と出ていった。

「先生、いかがでしょうか」

「命には別状はありません」

「会ってもいいでしょうか」

「少しなら、構わないでしょう。幸い急所は外れていましたので、少し入院をすれば良くなります」と言って出ていった。

「母親の話だと、買い物に行く途中、突然後ろから襲われたので顔は見ていないという事です。僕はここにいますので、花子さん、署に戻ってこの事を伝えて下さい」

そう竹下が言う。

「連絡は電話で、私は気になるので小田さんの所へまわることにする。気をつけて」と別れた。

「あれ、山さんどうしたんですか、頭痛、治ったんですか」

「中西を病院の方にやったんで、変わりはないか」

「それがですね、さっきから関係はないと思いますが、男の人がウロウロしているんですよ。どこか家でも捜しているんでしょうかね」

「聞いてみるか」

「ハイ」

「あの、ちょっと伺いますが、誰かお尋ねですか」

「エッ、小田さんをですか」

「ハイ、そうです。それがいくら声を掛けても中に入れてくれずに帰りそびれていました」

「あなたが婚約者だったんですか」

「あの事件のあった日、二人で鬼子母神の中を散歩したんです。そのまま家まで送り届ければ良かったんですが、彼女がどうしても、車道まで送っていくと言うので、僕もついつい、油断をしました。まさか、こんな事になろうとは思ってもみませんでした。だから僕の責任でもあるんです。僕は祐子さんと別れるつもりはありません。でもあの事件以来、一度も会ってくれません」

その時花子が、「山さん」と声を掛けた。

「どうした」

「さっきから、玄関の灯りが付いたり消えたり。まだ明かるいのに、何でしょうね」

「あの、僕、行って来ます」

婚約者の緒方が飛び出して行った。

「ああ、ちょっと待って下さい、緒方さん。何があるか分かりませんので……」

「もう、落ち着いていられません。刑事さんも一緒に来て下さい」

味方でも得たように先頭に立っていった。

「祐子さん、開けてくれ、俺だ」

激しく戸を叩く。その時、どこからともなく、うるさいわね、静かにしてよと怒鳴られたために、やっと中に入ることができた。

「小田さん、このままずっと怯えて暮らすつもりですか」

「このままじゃいけないよ。俺は誰がなんと言っても君と結婚する。だから一緒に戦おうよ」

「止《や》めて下さい。私はレイプされたのよ。あなたはそんな私と結婚できるって言うの? もう汚れてしまったのよ。綺麗ごとは止めて、帰って下さい」

「小田さん、大丈夫。あなたは何もされてはいなかったんですよ」

「だからもう、いいって言ってるでしょう」

その時、緒方が思いきり祐子を叩く音がした。

「しっかりしてくれよ。何もされていないって言ってくれているのに、それをひねくれて死ぬとでも言うのか。それなら一緒に死んでやるよ。汚れていると言うのなら、どこまで汚れれば君と同じになれるか教えてくれよ」

「敏夫さん」

「頼むから、こんな事ぐらいで負けないでくれよ。俺が仕事でいろいろ辛い時、もういいやと自分を投げ捨てて死にたいと思った時、励まして勇気付けてくれたのは君じゃないか。だから一緒に戦うんだよ」

いつしか二人は抱き合っていた。

暫くして、「刑事さん」と祐子が声を掛けた。

「電話がありました」

「犯人からですか？　それでなんて言ってきたんですか」

「殺されたくなければ何も思い出すなって、二、三回、かかってきました」

母親も頷いていた。

「分かったら灯りを消せって」

「それで灯りが……。ということは、犯人はこの近くにいるということになりますね」

「あの……」

祐子が何か思い出したように言った。

「何か、あの声……」

「声ですか？」

「あの声、どこかで聞いたような……、少しかすれた声、どこで……？」

緒方が必死に励ます。

「思い出すんだ、祐子さん。身の回り、近所、ラーメン屋、喫茶店、みんな含めて、ああ、酒屋もある」

「緒方さん、ちょっと落ち着いて」

「まずはあなたが落ち着いて下さい。それに、一人でそんなに喋ったら、かえって混乱してしまいますよ」

「すみません」

「小田さん、ゆっくりでいいですから、また何かあったら連絡をして下さい」

花子たちが立ち去ろうとした時、緒方が言った。

「僕、今日泊りますので」

「そうですか、それは祐子さんも心強いでしょう。お願いします」

外に出た。

「う……雨か」

山倉が上を見上げる。

「春雨じゃ、濡れていこう」

「あーそうだ山さん、緒方さん、風邪気味だった」

「それにしても、緒方さん、興奮してましたね」

「久し振りに彼女に会えたんで嬉しかったんだろう」

「あれはかなり、惚《ほ》れていますね」

「お前は、口をふさげ」

「すみません。あれ、中西君のおでましですよ」

「あっちはどうした」と山倉が聞く。

「ハイ、課長が代わってくれました」

「課長が？」

「俺、見てますので飯《めし》、食ってきて下さい」

「今日は緒方さんがいるので近くを回ってこよう」

「そうしましょう」

そう言うと花子がよろけた。

「おいどうした」

「花子さん」

中西も側に寄った。

「大丈夫です。ちょっと目眩《めまい》がしただけです」

「座れ。動くな」と山倉が言う。

「風邪気味なんです」

みんな風邪気味である。署に戻るなり、それぞれに腰を落としてしまった。

「この頃少し、忙しかったからなぁ……」

「そう言えば、俺も少し体が怠《だる》いなぁ」と中西。

「大丈夫ですか？」と百合子が聞く。

「何ももらっていないけど、ご馳走さまです」

「それにしても、お腹空《す》いたなぁ……」

「あの……さっき、課長が皆さんに鰻をご馳走して下さるって……。もう来る頃ですよ。そろそろみんなが戻る頃だろうと頼みましたので」

「嘘!?　本当!?　ラッキー」

花子をはじめ、一同大喜び。

「ついでにビールも一本追加して下さい」

「仕事を忘れるな」

と抜け目なく声が掛かる。

「あんまり辛くて仕事のこと忘れてました……。鰻だぁーっ」と飛びついた。

「百合ちゃんの入れるお茶って、どうしてこうも美味しいんだろう。この安い鰻でも引き立つから不思議だよね」

「お前には遠慮ってもんがないのか」と山倉がにらみつけた。

その時、電話を受けていた竹下が声を上げた。

「エッ?　思い出したんですか?　すぐ行きます。小田さんが犯人の声を、テレビを見ていて思い出したそうです。行って来ます」

そう言って出て行った。

「豆腐屋の男の声に似ているそうです」

「豆腐屋？」

「ハイ、何度か買いに行っているそうで、佐久間という鬼子母神裏の小さな豆腐屋だそうです」

「間違いはないのか？　それだけじゃ証拠にならんから、参考人として来ていただこう」

「ハイ、分かりました」


「参考人ってどういうことですか？」

「まぁ……どうぞお掛け下さい」

「刑事さん、僕が何をしたって言うんですか」

「佐久間さん、これは仕事上、皆さんにお聞きしておりますので、何分にもよろしく御協力をお願いできませんでしょうか」と丁重な応対をする。

「それじゃお聞きしますが、二十二日の日の午後七時から九時頃はどこにいらっしゃいましたか？」

「家にいましたよ」

「佐久間さん、本当の事を話していただけませんか。その日、鬼子母神から出て来るあなたを見たという人がいるんですが」

「刑事さん、俺を犯人にしようとしてもダメですよ。何もやってないんだから」

「いやいや、犯人なんて考えておりませんので……」

「分かりました」

「中西君、とにかく小田さんにはもう一度来ていただいて、本当に犯人を見たのかどうかを聞くことにしよう。もしかして見間違いということもあるので」

「分かりましたが、今日は会社の人達が心配して大勢の人が来ているので、明日でもいいでしょうか」と大袈裟に聞く。

「ああ、明日でいいだろう」

「じゃ、佐久間さん、もうお帰りになって結構ですので、ありがとうございました。また何かありましたら御協力をお願いすることがあるかもしれませんので、その時は何とぞよろしくお願いします」

その場は佐久間を帰すことにした。

「引っ掛かりますかね……」

「分からん」と、山倉。

「それじゃ張り込みます」

「いや今日も緒方さんが泊ってくれている事だし、それに中西も少し相手を脅かしてくれたので、明日にしよう」

翌朝、花子は決意を秘めて署に出て来ていた。これからどのようにしようかと、話し合いを始めようとした時、

「私が囮《おとり》になります」と花子が言った。

「彼女を危険な目に遭わせるわけにはいきませんので。いいですね、課長」

すべて言うか言わないうちに、

「ダメだ！」と答えが返ってきた。

「第一、囮捜査は違反だ。危険すぎる」

「課長、もうこれ以外の方法はありません。署長に頼んでみて下さい。声紋分析も一致していますし」

花子が言った時、もうそこには課長の姿はなかった。どのくらいの時間がたったか、渋い顔で戻って来た。

「署長の許可は取り付けたが、いいか、くれぐれも慎重にやってくれよ。失敗は絶対に許されないぞ」

「分かりました」

その時、百合子が神妙な顔をして申し出た。

「課長、私にやらせて下さい」

すかさず課長がダメだと怒ったように、クギを刺す。

「君は余計な事を考えなくていい。もう頼むからこれ以上、いろんな事を言わんでくれ」

「そうだよ、ダメダメ。百合ちゃんを囮にするなんて、絶対にダメどころかそんな事はできないよ。自分の傷さえもまだ癒《い》えていないというのに……」

花子も怒っていた。

「大丈夫です。やらせて下さい、お願いします」

百合子も一歩も引かない。

「どうしたの？　百合ちゃん」

「別にどうもしません。それに私もここの一員なんですよね」

と、まるで脅迫。

「犯人が分かった以上、長引けば逃げられてしまいます。そうなれば犯人も捕まらずにみんなも疲れて、それこそ倒れてしまいます」

「そうか、私達があんまり疲れる疲れると言うから、心配して、それで」

「そうじゃありません。とにかく手伝わせて下さい。それに私の方が体型も小田さんに似ていますし……」

「ダメ、やっぱりダメ」

花子が首を振った。

「課長、僕が相澤君を命懸けで守りますから、やらせて下さい」

そう中西が言うと、竹下も続く。

「やりましょう。僕も守ります」

しばらく無言が続いた。

「課長、やります」

山倉のその一言で決まった。みんなの心も団結し、被害者とともに犯人逮捕という目的地に向かっていた。

「いいですか、豆腐を買ったら顔をじっくり見ながら急ぎ足で逃げるように、ここまで戻って来て下さい。この角を曲がった所でうちの者と入れ代わりますので」

と祐子にいい含めた。囮の百合子も怯えていなかった。指示通りに、角で入れ替わり、二分ほどの道を鬼子母神に向かった所で、後ろから犯人が襲いかかって来た。全員が一斉に飛び掛かる。

「佐久間光治、殺人未遂、現行犯で逮捕する」

手錠を掛けた途端、それはそれは、けたたましく叫び、暴れまくってやっとお縄になった。それを見て始めて百合子の足が竦《すく》んだ。その側にはすでに、中西がいた。

「こんなに手間の掛かった犯人も珍しい事だった。しかしなぁ……、一回か二回、豆腐を買いに言っただけで一目惚れされてても困ってしまうよな……。そこへ仲良くデートしているところを見て襲うつもりで機会を狙っていたなんて、一体全体何だって言うのよ。一目惚れとか、横恋慕とか、できそこないの米じゃあるまいし簡単に惚れまくるなよ。第一、この頃の日本男児はどうなってるの。まったく締まりがないにもほどがあるよ。もっとしっかりしてもらわなくては困るじゃないの」

また始まった。花子のダジャレ理論が。

「明日、誰か病院へ行ってくれ。谷口さんが退院するそうだ」

「私が行きます」

花子が答える。

「ところで中西君、今日特別に、百合ちゃんを送ってあげて。なんなら泊って来てもいいよ。なんたってこの事件の一番のお手柄なんだから」

「そうですよね」

「課長、本当にそう思ったら署長から金一封をもらって来て下さい」

相変わらずの言いたい放題。それでもみんなの心はひと息ついていた。

翌朝、花子は病院に来ていた。

「刑事さん、ありがとうございました。明日退院になります。思ったより早くて嬉しいです。母が迎えに来ます」

心から喜んでいる様子だった。

「怖い思いをさせて本当にごめんなさい」

花子も丁重に頭を下げる。

「それじゃこれで」

この事件は百合子まで巻き込んでしまい、花子は少し心が重かった。二度とこんな事があってはならないと反省しながらも、やっぱり嬉しい事には違いない。早く署に戻って百合ちゃんの入れるお茶が飲みたいと、急ぎ足になっていた。その時、一つの名札が目に止まった。

「ウン？　立花たかし？　嘘……、立花たかしって同性同名？　こんな事ってあるんだぁ……」

独り言を言いながら、看護婦の詰め所で足を止めていた。

「あの……すみませんが……」

「ハイ、何でしょうか」

「ちょっと伺いますが、１６号室の立花たかしさんって、ここの病院の外科の先生でしょうか」

「あなたは？」

「友人です」

「違う用件で来たんですが名前が目に入ったもので」

「先生は風邪でダウンですよ。ここのところ少し忙しかったので入院していますが、別にどこも悪くありませんよ。すぐ退院です。今も病室から手術室へ手伝いにいっていますし」

「そうですか。ありがとうございました」

礼を言って出て来た。

「何で言わない！　相変わらず隠し事の好きな奴だ」

翌朝、花子が珍しく早起きをしていると、さやかが起きてきた。

「いい匂い。ママ、何しているの？」

不思議そうな顔をしている。

「ああ、お赤飯だ。どうしたの？」

「出掛けるのよ」

「エッどこへ？」

「いい所よ」

「ママ、お仕事は？」

「時間休取った。忙しくなったら連絡が来る。さやか、そこにあるおかずをタッパに詰めて。それから引き出しにあるプレゼント、出しておいて」

「ママ、もしかして先生の所へ行くの?」

「あら、どうして分かったの?」

「だってこの間、お誕生日忙しくて渡せなかったんだもの」

「先生、風邪で入院しているのよ。さぁ、邪魔が入らないうちに早く仕度《したく》して」

そう言いながら自分も少し、はしゃいでいた。

病室には立花は見当たらなかった。ロビー売店へと探しながら戻ってみると、ベッドの上にぼんやりと座っていた。

さやかが、「先生」と声を掛ける。びっくりしたように、「やぁ……」と手を広げてさやかを迎え入れた。

「どこへ行ってたの? 探したんだよ」と、甘える。

「お弁当、持って来たんだよ。さやかも手伝って作ったの、ね……ママ」

「嘘でしょう、ママが一人で作りました」

「ママ」

「美味しそうだ。もうすぐ昼ごはんだから楽しみだなぁ」

立花も嬉しそうだ。

「先生、早く良くなって、ケーキを食べに行こうね」

「よし、退院したらすぐに行こう」

「ママもね」

「あら、それは、それは。先生、さやかをよろしくお願いします」と頭を下げた。

翌朝、さやかは御機嫌で学校へ行った。署では花子も、今日一日、何事もありませんようにと願いつつ、百合子の入れたお茶を啜《すす》りながら、またまた余計なお世話をしていた。

「そういえば課長、この間、竹下君光和印刷へ何か用で行ったんですか?」

「竹下が光和印刷へ? 知らんよ。本でも買いに行ったんだろう」

「冗談でしょう。本って誰が読むの、このクソ忙しいのに……。これで本が読めたらよっほどの天才か、どうしようもない馬鹿ですよ。だいたい印刷所で本なんか売ってるのかしら。……となると、何をしに行ったかが問題だということになる。食堂に特別美味しい物があったとか、トイレを借りに行ったとか。まさか……、これは事件ですよ、山さん」

「何を一人で勘繰《かんぐ》っているんだ」

「女、女ですよ。それしかない。そういえばこの頃いやにコソコソしていると思ってたんだ」

そこへ竹下が入って来た。

「あら、竹下君、おはよう」

「おはようございます」

「ね、竹下君、いつだったか、光和印刷で会っていた女の人、あれ竹下君の彼女でしょう」

「エッ？　いつ見たんですか」

「それは忘れたけど、二、三度見かけたから」

「違いますよ」

「それで、いつ頃結婚の予定？　なにしろ忙しいからみんなの都合もあることだし、早く知らせてよね」

「やめて下さい。まだそこまでいっていませんから」

「あ、やっぱり彼女だ。山さん、当たりです」

「違いますよ」

「違わない。まったく分かりやすい顔してるよ、本当に」

みんなが笑っていた。

「奴を自白させるのは、一分もかからないなぁ」

中西の言葉に山倉も頷いていた。花子が立ち上がると、百合子が、

「花子さん、どこへ行くんですか」

と聞いてきた。

「ちょっと光和印刷へ」

と、まだやっている。

「やめて下さい」

本気になっている竹下。

「嘘、トイレです」

いつまでもからかっていた時、一人のお婆ちゃんが入って来た。

「あら、お婆ちゃん、何かご用ですか?」

「あの……ハイ」

「どうしましたか」

「あの、お財布がないんです」

「お財布がない。じゃ、ちょっと中に入りましょうね。いつ、どこでなくされたんですか?」

「いえ、そうじゃありません。取られたのです」

「あの、どこかで買い物をして置き忘れたのでは」

「いいえ、私の家に泥棒がいるんです。それにごはんもまだ食べていませんのよ。お腹も空《す》いていますのよ」

百合子が慌てて、お茶とおまんじゅうを持って来た。花子はすべてを悟っていた。

「お婆ちゃん、どうぞ」

「あなたは優しい方ですね」

ニッコリしながら、おまんじゅうを美味しそうに食べている。

「百合ちゃん、着物の袖に書いてある住所に電話するように」

そう目と身振りで合図をした。百合子も理解をした。

「お婆ちゃん、お年《とし》はおいくつですか?」

「三十八歳です」

そう言うと竹下が笑った。花子が机を叩く。

「主人はこの間、亡くなりました」

「それは大変でしたね」

あれこれしていると、家の人が駆けつけて来た。

「お婆ちゃん、家の方がお迎えに来られましたよ」

「お婆ちゃん、心配したのよ。みんな待ってるから帰りましょうね」

「私、ごはんを食べていませんのよ」

「ハイ、お財布ですよ。帰りにおかずを買っていきましょうね」

子供に話すようにしてあやしている。

「ありがとうございました」

「どうぞ、お気を付けて」

そうは言ったものの、花子は深いため息をついた。

「あれじゃ、どうすることもできない。アルツハイマーという病気ですよ」

「アルツハイマーってどうして起こるのかなぁ」

「頭の使いすぎで起こるんじゃないの」

「それじゃ花子さんは、大丈夫ですね」

「あなたは誰？　ここはどこ？　あー、この間あなたに借したお金、返して下さい」

「すぐこれだ」

と、竹下が言った時に電話が鳴ると、

「あ……誰か、電話が鳴っていますよ」

と、まだやってる。

自殺か他殺

「ハイ刑事課」

「いつまでもやってると病院へ入れるぞ。音羽二丁目、工事中のビルから男性が飛び降りた」

「行きます」

竹下に声を掛けて、中西が連れ立って出て行った。その後を花子が続く。

「男性、四十九歳、自殺かどうかは今、解剖中なので結果待ちです。ビルは九階建てで建設中。ほとんどの人が地方からの出稼ぎで占められています。すぐに辞めていく人も、病気になったりして人の出入りはかなり激しいようですが、仕事は五時までに終わればあの現場に入る事はできません。規則だそうです。音羽と大塚に宿泊する所があり、被害者は音羽にいましたがあんまり人とはなじめず、仕事が終わればいつも一人で帰っていたそうです。今のところはそれだけです。もう少し回ってから帰ります」

　それだけ言って中西が電話を切った。

「あの、すみませんが、松下さんの事でちょっと伺いますが、松下さん、何か悩んでいるようなこと言っていませんでしたが。何でもいいんですが、自殺するようなわけがあったんですかね」

「さぁ……ね。松下さん、人付き合い悪かったから。それにこういうところじゃみんな自分の事で精一杯で、人のことまでは気がまわりませんよ。刑事さん、松下さん自殺じゃないんですか」

「いや、まだ何とも……。一応皆さんに御協力をしていただいておりますので申し訳ありません」

　これ以上聞いても話がまとまらないと思い、その場は終わりにし、署に戻ることにした。花子は帰りました、と声を掛け、竹下君が大塚の方を回っていますと伝えた。

「松下さんの実家は岩手県二の戸郡で、子供は二人、昨年十月に東京に出稼ぎに出て来て、あのビル工事の仕事についたそうです。いつも一人で行動するということ以外は何も分かっておりません。それで、検視の結果は出たんですか?」

「ウン、死後十時間くらいで、どこにも殴られた痕《あと》も傷もないそうだ。今のところは自殺と見てもいいのでは……」

「ホームシックにでもかかって突然死にたくなったんですかね」

その時、「松下さんの奥さんがお見えになりました」と係の人が案内をして入ってきた。課長が立ち上がる。

「この度は、お察しします」

後は何も言わずに、「ひとまず、どうぞ」と落ち着かせてから始めることにした。

「これから遺留品を見ていただきますが、何か無くなっている物がありましたら、おっしゃって下さい」

「あの……、お父さんはどこに……?」

「今、死因を調べておりますので、終わり次第お引き取りいただけますので、どうぞこちらに」

遺留品のおいてある部屋へ案内をする。

「これが松下さんの遺留品の全部ですが、どうかお改め下さい。それから松下さんの預金通帳ですので」

終始下を向いたままで、素朴で優しい感じの女性だった。

「あの……」

「ハイ、何か」

「靴ですが……」

「ハイ」

「靴が無いのですが」

「あ、靴ならここにあります」

ビニール袋から取り出して渡すと、「この靴は違います」と言った。

「エッ？ 違うって、どういうことですか。これ、松下さんの靴じゃないんですか？」

「お父さんの靴は少し茶色がかっているんです。前の靴はボロなので、東京に行く時に、みっともないからと私がお父さんに買った物なんです。それにこの靴はお父さんのよりも大きいです」

「誰かのと間違えたのでしょうか」

「でも、靴だけは足にぴったりしていないと気持ちが悪いといつも言っていたので、間違えて履《は》くとは思えませんが、どうかしちゃったんでしょうか」

「それから?」

「こんなこと聞いていいのか分かりませんが」

と言うと、辛そうに、少し間をおいていたが、そのまま黙りこんでしまった。

「いいんですよ、何でも言って下さい」

そう言うと、初めて顔を上げて、やっぱり言いにくそうに、謝りながら尋ねてきた。

「あの……、通帳のお金の六十万円、何でおろしたのか分かるでしょうか。すみません」

「お金がおろされているんですか? 奥さんに送られたんじゃないんですか」

「いいえ、あと少しで帰るからと言っていたので今月は送ってもらわなかったんです」

みるみる泣き出しそうな表情になり、崩れてしまった。

「奥さん、明日もう一度調べてみますので」

花子はその場に手を貸し、なだめたが、痛たまれない気持ちでどうする事もできずにいた。

「とにかく、今日のところは奥さんを近所のホテルへお連れしてくれ」

ホテルへは、花子が同行していった。

「鑑識へ行って再調査を頼んでくるので中西、竹下はもう一度、会社の人達に事情聴取に協力してくれるように、お願いをしてもらってくれ」

「分かりました」

と山倉の指示で中西と竹下が出て行った。


「あの……」

と竹下が言うと、案の定面倒くさそうな反応が返ってきた。

「またですか。何なんですか。これじゃ仕事になりませんよ」

「申し訳ありません。ちょっとこの靴を見ていただきたいのですが……」と靴を出した。

「この靴に見覚えがありませんか？」

「知りませんよ。いちいち人の靴なんか見てませんからね」

その時、入れ替えに男性が帰って来た。

「どうした、また刑事か。ここにいる者はみんな犯罪者にでも見えるのかなぁ」

露骨に嫌みたっぷりに、投げやりに言って出ていってしまった。

その時、花子が合流してきた。

「お待ちどう」

「奥さんは?」

「すっかり落ち着いて子供にも電話していたし、ご飯も食べるというので、特別メニューを頼んできたから。あれ、竹下君は?」

「今、上に行ってる」

「ああ」と、上を見上げた。

「それで何か分かった?」

「今、聞いているところですが、靴が山田という人の物らしいという事が分かりました」

「それってすごい収穫。それじゃあ事が冷めやらぬうちに聞き込み始めますか」

「そうですね。あの、山田さんはどちらにおられますか」と尋ねると、

「オーイ山田」

と大声で呼んでくれた。

「山田はどこかに行ったのか」

違う仲間が聞く。

「知らんよ。またパチンコじゃないのか。奴はギャンブル好きだから、休みはいつも競馬かパチンコだよ。よく当てるんで、しょっちゅうおごってくれるよ。そう言えば二、三日

前、松下を誘っていたなぁ……。珍しいこともあるもんだと思ったんだ」

「そういえば俺も立ち話をしているのを、一、二回見たよ」と別の男が言った。

「それはいつ頃の事ですか」

「いつ頃って、同じ事ばっかり聞かないで調べりゃいいだろうが。刑事さん、意外と頭悪いなぁ」

侮辱罪で手錠を掛けんばかりに花子が怒っていたのを見て、竹下が「すみません」と言いながら上から降りてきた。

「お疲れのところを申し訳ありません」

竹下が頭を下げた。それに気を良くしたのか、また話しだしてくれた。

「事件のあった日ですが」

「刑事さん、事件っていつだっけ」

「二十六日です」

「それじゃ二十五日だよ」

「二十五日の何時頃でしょうか」

「ああ、刑事さんたばこ持ってる?」

竹下がたばこを出すと、全部持っていかれた。

「何時って言われても、仕事が終わってからだから、五時十分くらいかなぁ……。でもその後、山田とは風呂も一緒だし、帰ってからもみんなで酒盛り始めたんだから、酒を買いに行った以外はずっと一緒だよ」

「エッ？　お酒を買いに行ったんですか？」

「いい加減飲んで、酒が切れたから買いに行って来るって言って出て行ったよ。酒屋だってすぐそこだから」

「何時頃買いに出たんでしょう」

「みんな酔っていたから分からんよ」

「だいたいの時間でいいんですが、思い出していただけませんか」

「思い出すって言ったって……。おい土屋、お前見たいテレビがあってつけたら終わってたって怒っていたけれど、あれ何時だぁ？」

「八時からだよ」

「八時だと」

「八時ですか」

「だから分からない奴だな。刑事さんも。八時に始まるんだから、それが終わってりゃ九時だろう。こんな分かりやすい事を考えるなよ」

また馬鹿にされていた。

「でもよ、酒買ってすぐ帰って来たよ。十分で行ってきたと言ってたから」

「本人がそう言ったんですか。それでお酒は買って来ましたか？」

「だから、買って来たよ。十分かどうかは分からんが。でもすぐ帰って来たのは間違いないよ。仕事中だからもう行くぜ」

と行ってしまった。

これ以上どうもならんと、酒屋へ行くことにした。

「失礼します」

どこも警察と言うと五月蝿《うるさ》そうにして嫌々応対してくれるのだった。

「店は十時までやっています。早いうちは何十本も売れますが、それもビールがほとんどで、夜遅くなればお酒はあまり出ませんから。売れたのは仕入れの都合があるので、ノートにつけてありますから」

帳簿を見せてくれた。

「九時に一本売れています。えー、ここですが」と指を差す。

「二十四日、一本買って行かれましたよ」

「エッ、二十四日ですか。二十五日ではないんですか」

「だから、刑事さん、さっきから言っているように、ここに日付と時間が出ていますでしょう。間違いありませんよ。刑事さん、何かあったんですか?」

「いやどうもありがとうございました」

もう一度確認のために聞きたかったが、これ以上聞いたら頭から水でもぶっかけられそうで、とても聞く気にはなれなかった。

「花子さん、一応崩れましたね」

「中西君、連絡して」

「分かりました。あ、課長、山田のアリバイが崩れましたので、引っ張ります」

報告をし、宿舎に向かった。

「山田さん」

何かを察したのか、すでに山田は逃げ腰になっていた。

「山田ひさし、殺人容疑の疑いで逮捕する」

手錠をかけられながら、いやはや、自分勝手な事を言いたい放題。のらりくらりしながらやっとの思いで署までたどり着いた。

「ギャンブルが好きで松下さんにお金を借りていて、そろそろ岩手に帰るのでお金を返してほしいと言われ、再三催促《さいそく》されて困り果て、もう少し待ってもらうつもりで話し合いをしようと、屋上へ行ったのが間違いでした。返す、返さないでもめてるうちに、足を滑らせて、落ちたんです。殺すつもりなんかなかったんです。でもこのままだと疑われると思い、自殺に見せかけようとして、靴を探したんだけど片方がどこかに飛んでしまって見付からない。それで取りあえず自分のを置いたんです」

「本人は、あくまでも足を滑らせたと言っていますが、でも山田だけは、信じられません。あの太々《ふてぶて》しさはただ者じゃありませんよ」

「まぁそれは、これから自供させていくとして、一応報告に行ってくれ」

誰も返事をしないで知らんぷりしていた。こんな嫌な役目はごめんだと思っていたら、

「花子君」とご指名の声がかかった。仕方なく重い腰を上げる。

「それで今日、奥さんと一緒に松下さんの遺体が岩手県の実家に帰ります。会社のみんながやってくれることになりました」

と報告を済ませた。

「ご苦労さん」

課長も、言ったものの、これから残された人達は大変な事になるだろうと思う。しかし我々にはどうする事もできず、松下さんが家に戻れたという事で、自分達も心の納得をするのだった。

それにしても、いろいろな事件で疲れ果てて、身も心もクタクタになってしまって花子は立ち上がれずにいた。その時百合子が温《ぬる》めのお茶を入れてきてくれ、飴を口の中に入れてくれた。

「これで一気にお茶を飲むと疲れが早く取れます」

まるでお婆ちゃんみたいに慰めてくれた。

「百合ちゃん、どこへも行かないで」

花子が抱きついた。

尋ね人

その時、

「チョット道ヲオ聞キシマスガ……」

片言の外国人が入って来た。

「エ……、ここは二階だよ」

何で、一階を通り越してここまで来れるのか。いつも不思議の一つでもある。

「もしかして、お茶とおまんじゅうが出るのを知られているのでは」

百合子までがそうおちゃらけた。

「きっと、交通課が忙しいので人が来ると上を指差すんですよ」

みんなが大きく頷く。

「それで」

と中西が話しかけた。

「どこへ行かれますか?」

しかし返事はチンプンカンプン。その時、花子が立ち上がった。

「ちょっと待って」

花子もそれなりに英語はうまいはずなのに、聞いている限りではこの外人さん、日本語をかなり話せるはず……と花子はにらんでいた。それにやたら英語で喋ってもかえってややこしくなるばかりだと心に決めた。

「あの、すみませんがこの際、イングリッシュは止めて、ジャパニーズ語で話しましょう」

花子の言い方が、チグハグでやたらおかしかったので、百合子が声をたてて笑った。

「それで、どこに行かれますか?」と、真面目に聞いた。

「フンドーキノ、イヤダサンノ所へ行ク」

「あれ、フンドーキってどこかで聞いたことがあったような気がするけど、どこだっけ?」

でも今はそれどころじゃない。

「まぁ、取りあえず住所を見せていただけますか」

ところが無くしたと言う。あれこれと探してやっと見せてくれたのはいいけれど、まったくもって読み取れない。これは誰が書いたのですかと花子が英語で聞くと、もらった住所録を無くしてしまったので、ところどころ思い出しながら書いたのだと言う。

「何でここで降りたのですか」

と尋ねると、一度、人と一緒に来た事があるが、すっかり忘れてしまい、降りる所だけは覚えており、降りてみると全然分からなくなってしまった。知らない人がここで聞けと連れて来てくれたという。一、二年でこの辺もずい分と変わったから分からなくなるのは仕方のない事と花子は一人頷く。そこへ百合子が地図を持ってきた。

みんなが一斉にのぞき込む。

「フンドーキってどういう字を書くんだっけ。分度器なら学校時代に使った覚えがあるけどフンドーキなんていう所あったかなあ……」

またしても百合子が、

「もしかしてそれって、フンドーキでなくて文京区じゃないでしょうか」

フンドーキ……文京区。

みんなの目が笑っている。

「間違いありませんよ、百合子さま。もしかしてあなたは分析学者？　とにかく凄い！」

みんなで拍手喝采。

「文京区ね。すると音田は音羽にしてみると」

と竹下が自分で決めていた。

「イレブンは十一だから十一丁目と……」

竹下がスラスラと解き始めたので、お見事と言いたいが少し不安でもある。

「取りあえずいやだを家田にしてと……」

一人で張り切りだした。

「これを繋《つな》げると、文京区音羽十一丁目となる。さて問題は、この場所に家田さんがあればいいわけだ」と満足気である。

「家田家田……。あれ、家田ってないぞ」

「飯塚米店……飯田酒店……」

と言った時、突然、

「オーイエス、イヤダケンジＯＫ。マイフレンドＯＫ」

それから思い出したように、OK、OKを連発。お酒OKと、やたら喜んでいるところを悪いけれど花子がストップをかけた。

「あなたのお友達は酒屋さんですか」と、お酒を飲む真似をしてみせた。

「OK、お酒OK」

「OK牧場じゃあるまいし、まったく人騒がせな外人じゃ」

これで一応謎は完璧に解けたわけだが、さてこれをどう説明するかだけだと考えていたら、「私が電話をして迎えに来てもらいます」と百合子があっさりと答えた。

「なんでー」

みんなが驚いていると、

「だって住所が分かれば、電話番号はすぐ分かりますよ。逆はダメですけど」

「ああ、そうだよ」

花子も頷く。

「なんでこんなことも分からなかったのかなぁ」

と、自分で驚いたふりをする。

「百合ちゃん、どこにも行かないで、一生ここにいて下さい」

と、大袈裟に近寄り、

「今日、飲みに行こう」

と耳元でささやく。するととっさに山さんの声。

「ダメだ！　何でもかんでもそこへ結びつけるな」

「バレテました？」

「バレバレですよ」

誰となく頷いてみせた。

「そうですよ、花子さん、今日は帰って寝て下さい。なんだか疲れているみたいですから」

「よし、課長には俺から報告しておくから、とりあえず全員帰れ」

と山倉が叫ぶ。

「帰ってもすぐに呼び出される事もあるのでとにかく帰ったら体を横にしろ」

なんだかそんな気がしてきたので、みんな迷うことなく、「失礼します」と一斉に出ていった。

家に帰り着いた途端、疲れが出たのか、花子は腰が抜けたように座り込んでしまった。

それをさやかが面倒を見てくれたのか、翌朝は、目覚めパッチリ、頭スッキリ。寝る前にさやかが少しお酒を飲ませてくれたような気がする。おかげで心に引っ掛かっていた、フンドーキまで思い出していた。昔、棒のような量りがあって、物をのせて量る時の分銅で錘《おも》りのことである。こりゃまた古すぎと、すぐに打ち消した。

「さやか、昨日はありがとう」

感謝の気持ちを込めて言ったのに、憎たらしいひと言が返って来た。

「ママ、うちはやる事が反対になっているみたいだからもっとしっかりしてよね」

しかも大声である。せっかく穏やかに家を出ようとしたのになぜか恒例の喧嘩。でも、やっぱり頭はすっきりしていた。

「ああ……もうびっくりしたなぁ……ね、ね、見た百合ちゃん、外のあの花輪を……。護国寺からここまで来ているよ。あれって、交通違反なんじゃないですかね」

署に入って来るなり、聞いた。

「なんでも、大手の会長さんらしいですよ」

百合子も少し呆れていたが、口には出さなかった。

「それにしても見たことないよ、あんな凄い葬式。でも、あの大袈裟な花輪は排除ですよ。

死んでしまえばどうせ本人には何にも分かりゃしないんだから……。あれは家族の見栄以外の何でもありませんよ」

「東大寺、お前何度同じ事を言ったら分かるんだ。よく考えてからものを言えと教えておいただろう。口にチャックをしろチャックを。それ以上何にも言うな。馬鹿もんが」と、怒鳴られた。

「あれ、また壊れたのかなぁ、このチャック」

それを聞いた山倉もさすがにむっとして立ち上がった。花子は殴られるのかと思って一歩下がった。その時運のいいことに電話が鳴った。電話を切った課長が山倉を呼んだ。

「ちょっと出てくる」

二人連れだって出て行った。思わずラッキーと喜んではいたが、それにしても二人してどこへ何しに行ったのか。それはそれで、また心配でもある。でも、今日一日、何事もなく終わりたいと思いつつ、

「ね、百合ちゃん、今日の夕食何にするの？」

「分かりません、これから考えます」

「いつも食事には悩むね……」

「花子さんはもう、さやかちゃんが作っていますよ」

「あれ、百合ちゃん、なかなか鋭いね」

「ハイ」と笑う。

無駄話に花を咲かせていたその時、急に思いだしたように、

「あ、そう言えば、さっき課長と山さんのお二人さん、内緒話していたのが気になるんですけど、もし、お差し支えなければ教えていただけませんか」

本気で聞く花子。すると課長。

「もう少し後でと思ったんだが、まぁ……隠す事でもないし、今すぐという事でもないので。実はこの間から、一人誰かを回してくれるように頼んであったので、こちらの状態をいろいろと相談にいっていた。この忙しさが続くとみんなも大変だろうからな。普通ならもう一人くらいいてもいいはずなんだ。とにかく今日、明日というわけにはいかんが、話だけはしてきたのでみんなもそれまでは頑張ってくれ」

「なぁんだ……。もしかしたらクビかと思って心配しましたよ」

「この馬鹿」

と、小声で言ったが聞こえたのか、

「本当に耳だけはいい奴だ」

「山さん、何か言いました?」

また、おとぼけをしていた。

不倫

「ハイ、刑事課」

「関口三丁目公園内で女性が倒れているそうだ。急げ」

と言うか言わぬうちに、「行きます」と飛び出していった。

「何なんだ、あいつは……」

「仕事に目覚めたんじゃないんですか」

「お前までが冗談か」

「あ、間違いでした」と竹下も花子の後を追っていた。

「脇腹を三ヶ所刺されており、今病院で手術を受けておりますが、重傷です。身分証明書から、被害者は村上洋子さん二十八歳、実家は長野県で五年前東京に出て来て池袋の大手電気メーカの会社に就職しています。住まいは関口で、本日は風邪気味で頭が痛いということで正午で早退をして帰ったそうです。それから、通報してきた女性ですが、買い物に出ていつもは違う道を行くところが急に目眩《めまい》がしたので飴を出そうとあの公園へ立ち寄ったそうです。あそこは椅子も水もあるのでちょっと一休みするつもりで。そうしたら女の人が倒れていて側には誰もいなかったそうです。今のところはそれだけです。あ、それから、病院の方に回って来ましたが、こちらは会社の人達がみえていて、家族にも連絡が取れまして、今こちらに向かっているそうです。一度署に戻ります」

そう言って竹下が電話を切った。中西も戻るなり、

「ダメです。主婦は夕方の仕度などでみんな忙しくしており、何も聞けませんでした」

と溜息をついた。先に帰っていた花子が尋ねた。

「山さん、明日会社の方へ行って事情聴取をしてみます。でも私たちが通報を受けたのが五時頃ですから。彼女は会社を正午には早退をしていますから、襲われたのは正午から五時までの間になります。いくら奥まった所とはいえ、まだまだ人通りもあったと思われるのに、目撃者が一人もいないとは……。それに五時までの間では会社の方々は五時までの勤務なので全員にアリバイがあるということなり難しくなります。どうすればいいですか」

「他の線から当たってみますか」

「例えばどういうことですか」と中西が聞いた。

「交友関係、借金をしていないかどうかなども調べてくれ」

「分かりました。被害者の家のまわりから始めます」

その時、病院から、手術が終わったが依然として意識は不明のままだという連絡が入った。

「よし、すべては明日からとして、それからこれだけは頭に入れておいてほしい」

と山さんがいった。

「会社は五時までで全員にアリバイがあるが、池袋から関口までは、車、もしくは自転車でも急げば往復三十分で来れる会社で、三、四十分席をはずしても分からない人がいないか、いろいろな可能性を含めて捜査にあたってくれ」

「さすが山さん、そこまでは私も気が付かなかったなぁ」と感心をする。

「そういう事もありうるという、あくまでも参考だ」

「ハイ、分かりました」

明日の手順についてミーティングが始まっていた。翌朝、署には行かずに中西と合流してから聞き込みにあたる。

「あの、すみませんが、ここにお住まいの村上さんのことでお聞きしたいのですが」

「そうですね……、五年前頃からいたような気がしますが、はっきりとは知りませんよ。お付き合いはありませんから。会った時は軽く頭を下げるくらいで、それに今の若い人は話しかけても口も聞いてくれません。そういえば、時々男の人が見えてたようですよ。はっきりとは分かりませんが……。あの、刑事さん、村上さんどうかしたんですか？」

まだ何も知らないようである。

「あ、いいえ。ありがとうございました」

「ちょっと失礼しますが、この女性、この辺りで見かけなかったでしょうか」

「知りませんよ」

見ようともせずに立ち去る人もいる。

「すみません」

今度は二、三人で固《かた》まっている女性の中に入っていった。

「知っているんですか？」

「知っているというわけではなくて、あそこの公園で何度か見たような気がしますけど」

「いつ頃のことですか」

「いつ頃って言われても、はっきり見たか、と言われると困るんですけど……」

やたら理屈っぽい。

「結構です。知っていることだけでお願いします」とまた頭を下げた。

「時々、お祭りとか」

「お祭りですか？」

「音羽のお祭りですよ。キレイな人で、浴衣なんか着て男の人と歩いていたのを……。あの、男の人と歩いているところを見たのは一度だけですよ」

と念を押した。

「あそこの公園、結構アベックが大勢いるんですよ。お花も咲いていて奥行きもあって、散歩するのに三、四十分かかって。池もありますし」

「その男性、いくつくらいの人でしたか？」

「いくつと言われても、人の年までは分かりませんよ」

「奥さんの見た感じでいいんですが」

「四十歳から五十歳くらいかしらねえ」

と結構はっきりしている。

「もういいですか？　私、忙しいんですけど」と今度は怒り出す始末。

「ああ、どうもありがとうございました。大変に参考になりました」

署に戻って来た花子は
「山さん、もう疲れました」

とぐちをこぼした。

「ハイ、お茶です」

百合子が持ってきてくれた茶をひと口飲む。

「甘あ……まずーい。何このお茶……」

「お砂糖を入れました」

「エーお茶に砂糖入れたの？」

「ハイ、飴玉が切れていたので……」

「山さん、会社の方を回って来ます」

百合子のいたずらに勇気付けられて立ち上がった。

「会社には竹下が行っているので合流して一緒にやってくれ」

「分かりました」

出掛け際《ぎわ》に、

「百合ちゃん、課長が呼んでるよ。すぐ来るようにって」

「ハイ」

百合子が飛んで行く。

「嘘だよ……。いたずらのお返しですよ。行ってきます」

外へ出たところで、竹下にばったり。

「あれ？　竹下君、今向かうところだったのに」

「花子さん、大変なんです」

「また、おどかさないでよ、心臓に悪いから。立ち話もなんですから中に入りましょう」

と逆戻りをして、中に入るなり
「山さん、教えて下さい」

と言って座り込んでしまった。そこへ百合子がお茶を持って来た。それを見て花子がニッコリ笑う。竹下がそのお茶をグーッと飲みほしておかわりをした。何も起こらないのを見て、ちょっとがっかりしていると、話が本題に入っていた。

「あの会社のあの課は営業で、女性以外は一定の人を残して、外回りの外勤だそうです。中にはそのまま自宅に帰る人もいて、みんなの行動がバラバラで、電話連絡だけで仕事をしているそうです」

「エー、それじゃ全員にアリバイがないじゃないですか」

花子が大声を上げる。

「それじゃ、事情聴取が取れません」と、二度がっかり。

「ああ、それからもう一つ。あの課には田部という上司がいて、その田部が被害者の村上さんと付き合っているという話を聞きましたが、田部も外回りをしていてつかまりませんでした」

「お疲れさん、みんな飯でも食ってくれ。ちょっと出て来る」

そう言って山倉が席をはずした。

「山さん、どこへ行ったんだろう」

「さぁ……」

「俺、ラーメン」

「じゃ、私も。そう言えば中ちゃんはどうしたの」

「さっき、病院からの連絡でもうすぐ戻るって」

「それにしても、どうやってあの会社の聴取とればいいのかしら」

竹下に聞くと、横から課長が口を出す。

「明日になれば全員集合となるはずだから、それこそ全員であたってくれ」

「エー、どうしてですか」

「山さんが帰ってくれば分かるはずだ」

「あーそうか、山さん頭を下げに行ったんだ。尊敬しちゃうな」

とまたまた大袈裟にほめまくる。翌朝、会社には山さんも出向いて来た。

「今日は申し訳ありません。会社の方には了解をとってありますのでどうかご協力をお願いします」

と頭を下げた。この丁寧さは刑事と思えないほどの穏やかさ。時にはプロ顔負けの二重人格ではないかと思えるほどの態度である。

「大木さんですね。○月二十八日正午から五時までどちらにおられましたか？」

「僕は昼を済ませてから一時三十分に会社を出て、練馬の大田黒さんというお得意さんのお宅に四時頃までおりました」

一人ひとり聞き終わり、女性には、まとめて聞くことにした。

「会社では村上さんとお付き合いをしている男性はいなかったんでしょうか」

「さぁ……、知ってる?」

隣りと聞き合っている。

「そういえば月岡君、もしかして洋子さんのこと好きだったんじゃないかしら」

そのひと言で、月岡が別室へ呼ばれていた。

「僕じゃありませんよ。洋子さんのことは好きでしたが、いくら誘っても断られましたので、少しはショックでしたがそれだけです。本当です。アリバイもあります。僕は村上さんを殺してはいません!」

「あ、あの月岡さん、どうか落ち着いていただけませんか。村上さんは亡くなってはおりませんよ。もう結構です。ありがとうございました」

その時、女性陣達から質問がとんできた。

「刑事さん、村上さんは今どうしているんでしょうか」

「今は面会謝絶で、実を言うと私達もまだお会いしておりませんので。それでこうして皆さんにご協力をお願いしている訳ですのでどうかご理解下さい」

これ以上は一歩も前に進まぬままに署に戻ることになった。

「月岡はどうなんだ」

「見た限りでは、気弱そうでとても人を殺すどころか自分が傷つくことさえ怖がっているようです。シロと見ていいですね」

「月岡以外で噂のあったというその田部を調べてみるか。明日署に来ていただこう」

「何の理由で？」

中西が聞く。

「参考人でいいだろう」

「分かりました。私が迎えに行ってきます」

と花子が言った。

翌朝、田部が落ち着かぬ様子で取り調べに応じた。

「田部さん、本当の事を言っていただけますか」

「本当です。確かにいろいろと彼女の相談にのりましたが、それだけです」

「でも家にも行かれているじゃありませんか。目撃者もいるんですよ。いくら隠しても村上さんが目を覚ませばすべて分かります」

ところが、何度も言っているように相談にのっていただけの一点ばり。彼女の危篤をいい事に、あわよくばこのまま知らぬ存ぜぬでシラを切り通すつもりでいるらしい。またまた行き詰まってしまった。

どう見ても田部しか考えられないし、一番怪しいのだがどうしても吐かない。どうしたらいいか途方に暮れていたその時、中西が課長に聞こえるように言った。

「山さん、やってみましょうよ」

それを聞いていた課長がダメだと言った。

「二度の囮は許さん。他の方法を考えろ」

「ですからさっきから言ってるようにお手上げです」

「それにさっきから囮、囮って言ってますけどこれは囮じゃありません。村上さんのいる所と違う場所でやるわけですから」

半分は喧嘩ごしだ。百合子が気を遣いながらお茶を持って来た。いつもいいタイミングで百合子が心を安らげてくれる。

「明日もう一度田部を呼んでくれ。俺が調書を取る」

課長が怒ったようにひとこと言った。

「後はうまくやってくれ」

そう言うと部屋を出ていった。たぶん署長室へ行ったのだろうとみんな思った。

田部が警察へ再度足を運んだ。

「田部さん、最後にもう一度聞きますが、本当に彼女とは何でもないんですね」

その時、事は始まった。

「あの課長」

「なんだ！　取り調べ中だ、後にしろ！」

と怒鳴る。

「すみません」と言いながら、「今、病院からの連絡で、村上洋子さんの意識が戻ったそうです」

「そうか、それは良かった」

「今日はまだダメですけど明日なら会ってもいいそうです」

「よし分かった、そうしよう」

と大袈裟に頷いた。

「ああ、田部さん、長い間お引き止めして申し訳ありませんでした。もうお引き取りになられて結構です。明日になれば村上さんにも会えますので、そうすればすべてがはっきりします。どうかご安心下さい。あなたの疑いもすぐ晴れますよ。本当にご苦労様でした。玄関までお送りしてくれ」

田部の背中を見ながら中西が言った。

「犯人に間違いありませんね」

「明日にならんとまだ分からん。とにかく絶対に見逃すな。命を張ってでも捕まえろ」

このやり方が気に入らない課長のひどいお言葉であった。

みんなの話し合いが始まった。何にも知らずに病室の名札を確かめてから、病室へ忍び込んで来た。病室では名札以外はすべての入れ替えが終わって花子がベッドに着いていた。忍び足が次第に近づき、そして男の手が花子の首にかかった。

「田部正夫、殺人未遂容疑で逮捕する」

びっくりしたのか思わず腰を抜かさんばかりに座り込んでしまう田部。

観念したように取り調べにはすらすらと応じた。

「四年前からです。いろいろと相談にのっているうちに男女の関係になり、子供ができたので結婚してほしいと迫られたので、堕ろしてほしいと頼んだんです。私にも子供がいます。妻とも別れるつもりはありませんので、あくまでも話し合いをして分かってもらおうとしましたが、妻にみんな話すと言いだされて」

「それで殺そうとしたのですか？」

「刑事さん、僕はもう一度会って話をしようと思ったんですが、その日はどうしても行かなくてはならないお得意さんの所へ行っていましたので彼女には会っていませんし、殺してもいません」

「田部さん、何度も何度も言ってるように、村上さんは亡くなっておりません。だからあなたも病院へ行って彼女を襲ったんじゃないんですか。頼みますから落ち着いて話をして下さいませんか」

疲れているのか、山さんも少し興奮し始めていた。

「確かに別れ話はしましたが、私は彼女を殺そうとは思っていなかったし、襲ってもいません。このままだと犯人にされてしまうのが怖くなって病院へ行ったのですが、なんであんな事をしたのか今も分かりません。でも僕が彼女を襲ったのはそれだけです。本当です」

容疑をはっきりと否定した。

「どうなっているんだ、一体全体。殺人未遂で検挙はしたがどうしても認めない。なぜ、ここまできて……。それじゃなぜ彼女を襲った？　犯人にされると思ったというのは理由にならんが、アリバイもあるとなると田部はやっぱり犯人じゃないのか」

それを聞いていた中西が大声で怒鳴った。

「それじゃ一体誰が犯人だと言うんですか」

「これじゃ全員が辞表提出だぞ、もたもたしてないで、聞き込みをやり直せ！」

さすがの課長もいらだちを露《あらわ》にしていた。

「聞き込みってどこの聞き込みをすればいいんだ」

と言いながら、とにかく家の回りをぐるぐるするより仕方ないと思っていたら一人の女性の話が聞けた。

「参考になるかどうかは分かりませんよ」

「どんな小さな事でも結構ですのでお願いします」

「私の見たのは男の人ではなく女の人ですよ」

「エッ！？　女の人、女の人ですか？」

「ハイ、でも二、三度この辺で見かけたことがあるので、保険屋さんかと思ったもんで別に気にもなりませんでしたが。この辺よく来るんですよ、保険の勧誘が……」

「いくつぐらいの人でしたか？」

「さぁね……、四十か五十歳ぐらい。でも間近で見たわけではないからはっきりとは……」

「ありがとうございました」

礼を言うと急ぎ足で署に戻って来た。

「男性でなくて女性だそうなんです。見た限りでは身ギレイな女性でパンプスを履いていたそうです」

「なんだ、パンプスって」

「底の高い靴ですよ」と花子が言った。

「年寄りはあまり履きませんよ。危ないから。身ギレイな女性、四十から五十歳、女性ね、女性」と言いながら、「課長」と迫るように花子が近寄って来た。

「田部の奥さん、田部の浮気のこと知っていたんでしょうか」

「よし、調べてみよう。奥さんに来ていただいて、その女性に面通《めんとう》しをしてもらおう」

「それで何の容疑で来てもらいますか？」

「困っているのはそれだ」

「参考人じゃダメですよね」

「何の参考だ」

「そうですよね」

山倉が、「任意でいいでしょう」と言った。

「もし、断られたら、どうします?」

「やりもしないうちからいろいろ言うな。ダメな時はまた、他の方法を考えればいい。早く行ってお願いして来い」と怒鳴る。

「課長も相当に頭に来ていますね」

「分かりました。任意で同行してきます」

中西が合図をして、出て行った。

「奥さん、お呼びだてをいたしまして申し訳ありません。御主人様にもお聞きしたんですが、奥さん、二十八日の日はどこかへお出掛けでしたか。家にいらっしゃらなかったようでしたが」

「近所に買い物に出ていました」

「四時頃関口の公園に来ておられましたね」

「いいえ、行っておりません」

その時、竹下が「代わります」と言って交代をした。

「奥さん、関口公園辺りで二、三度奥さんを見たと言う人がいるんです。本当の事を言っていただきますよ」

本格的な取り調べが始められる事になった。

「それから奥さん、これからお宅の家の中を捜索させていただきます。これが捜索令状です」と取り調べ室で見せる事となった。取り調べは課長と竹下があたる事になり、後の者は自宅の方に、出向いていった。

「子供が帰る前に凶器を見付け出さなければ。これ以上、子供の心に傷をつけるわけにはいかん」

一行もイライラし始めていた。

署では、課長が取り調べを行っていた。

「奥さん、ご主人の事はいつ頃から知っていたんですか。もしかして、相手の女性、死ぬかもしれませんよ。そうすれば殺人罪で罪は重くなりますよ。それに凶器が見つかれば、その場で逮捕する事になります。大勢で捜していますのですぐに見つかります」

とはいえ、見付かったという報告はまだ入ってはこない。花子側も一向にはかどらない。

「どこをどう捜せばいいのか」

「どこだ、どこだ」

「どこに隠す。押し入れ、台所……」

一人ひとりが念仏のように確かめる。

「部屋には隠さない、私なら。庭は子供がいるから、危ないからダメ」

「安心するためには自分の手元におくのが一番いい」と山倉がひらめいた。

「やっぱり台所しかない。よしもう一度、台所を捜そう」

山倉の声にしたがい、あっちこっち動き回っていた時、足元が少し揺れた。

「床、どこか……」

と、収納扉開けると中からタオルに包まれた凶器が出てきた。

「山さんありました。報告をします」

中西が電話に飛びつく。

「課長、凶器が見つかりました。すぐに戻ります」

声が弾んでいる。

「奥さん、床下から凶器が見つかりましたよ。もう話して下さい。ご主人の事はいつ頃から知っておられましたか」

いい加減いらいらしていた時、全員が戻って来た。

「指紋もすぐ出ます。それにしても、お子さんの帰らぬうちで良かったですね」と言うと、

「あの人が悪いんです」と突然泣きだした。

「どんな人でもあなたには人を殺す権利はありませんよ」

「別れてくれるように何度も頼みに行ったんです。そうしたら絶対に別れないって……。それどころか、私に主人と別れろって脅すつもりで包丁を持ってきたらしいんです。揉み合っているうちに刺してしまったんです。あんなひどいこと言うから、だから私……」

「ひどいことって?」

「あの人、こう言ったんです。あんたなんか人形みたいで抱いていても面白くもなんともないから、主人が別れたがっていると。子供ができたから私に死ねって。いつまでもしがみついてないで早く消えろって。あの人そう言ったんです」

「それで刺したんですね」

「ハイ」と頷いた。その時点で
「田部幸子、殺人未遂容疑で逮捕します」となった。みんなも疲れ果てていた。その時百合子が、

「病院からの電話で、村上洋子さんが目を覚ましたとの連絡がありました」

と伝えた。課長始めみんなもひと息ついた。被害者が危篤から脱っして心から喜んでいた。殺人罪を免れたからである。未遂と殺人では天と地ほどの違いがある。やっとひと息ついたと言うのに竹下が
「あれっ」

と、大声をあげた。みんなもびっくりし、

「なんだ」と山倉が聞いた。

「子供、子供です。子供はどうしたんです？」

「子供は心配ないよ、お婆ちゃんが来て」

「そうじゃないですよ」

「そうじゃないって、じゃ、誰の子」

「誰のって被害者に子供ができたって言ってたでしょう」

「あれ、竹下君、まだ聞いていなかったっけ？」

「あれは嘘だったんですって」

「エッ、嘘？」

「病院に運んだ時、すぐに調べてもらったのよ」

「エッ、なんで」

「だって女性だもの」

事態がよく分からず、まだ信じられないのか、「何でまた、嘘なんか……」と竹下。

「だから女は魔物だって言うんだよ」と中西が言った。

「ああ、それで中西君、結婚に踏み切れないわけか」

と言う花子に、中西が慌てて言い訳をする。

「違いますよ、それとこれとは」

「それにしても、夫婦そろって殺人未遂じゃ子供はどうする」

それを思うとやっぱり花子も気が重い。

「どこかでボタンの掛け違いが合ったんですね……」

「生意気な事を言うな」と山倉が怒鳴る。

「あーあ、疲れた。何か甘い物が食べたい」と、いつものわがまま。そこへ百合子が、おまんじゅうを持って来た。

「何でこんなに気が利《き》くの、百合ちゃんは。早くお嫁さんにしないと誰かに取られてしまうよ」と誰かさんに向かって大声で叫んだ。

「それにしても、この事件は大変だったなぁ。しかし男の人もすごいことを言うよね。心に思っても口に出して言ったらおしまいだよ。あーあ……、私はもう男なんていらない」と、大口を叩きながら、「課長、これから村上さんの所へ行って来ます」と立ち上がった時、百合子が小声でささやいた。

「花子さん、病院へ行くのならついでに寄って来て下さい。何度も電話がありましたよ、立花先生から。忙しい最中《さいちゅう》だったのでお断りしましたが、向こうの方が忙しくないのでいつでもいいということでしたので……」

「ああ、百合ちゃん、ありがとね。仕事中に行くわけにはいかないので、そのうちに行って来ます」とウインクをした。

「伝えましたからね。早目に行って下さいよ。きっと会いたくなったんですよ」

そう言われて、花子もそんな気持ちになっていた。が、一応会わずに帰って来た。一夜明けたと言うのに、昨日の疲れが尾を引いているのか、何かグッタリしていた。

これで事件が発生しても、体が動きませんとばかりに座り込んでいた。その時、百合子が温めのお茶と、飴玉を持って来て、口の中に入れてくれた。

「これで、事件が起きても三分でエンジンがかかりますよ」

途端に電話が鳴った。

「事件ですよ」

思わず飴玉を飲み込みそうになって振り返った。

誘拐

「ハイ、大塚南署」

言い終らないうちに、課長が叫んだ。

「誘拐」

みんなが一斉に立ち上がった。疲れている場合じゃない。電話も待ち切れずに誘拐なら本庁との合同の大きな捜査になる。中西も本庁との合同捜査は始めてである。

「まだ何も分からん。とにかく目白台八丁目守治家元成宅へ行ってくれ。本庁が来ていると思うから、みんなも本庁の指示に従ってくれ」

「分かりました」

山倉、花子、中西の三人が出ていった。

誘拐事件は所轄警察だけではなく、本庁特別捜査課と、その地域警察で協力をして事件の解決を図る。中西達も、誘拐事件は始めてである。

「本庁となると、やたら口は出せませんね」

するとと花子が、

「何でですか。何もビビる事はありませんよ」

「第一、子供の誘拐となると、自分の命を捨てる覚悟で進めなければならない。そのためにチームワークが必要となる。なかでも誘拐の場合は電話のやりとりなので、時には犯人に振り回されることが多いし、なかなかうまくいかない事が多い。身に受ける重圧感は言いしれないものがある」

すでに中西が胃が痛いと言いだしながら、山倉に聞いていた。

「本庁は前からやっていて、公開捜査にするので俺達を呼んだんですかね……」

「どうせそんなところで間違いはないでしょう。本庁なんか気にしていたら、前に進むものもそこで狂ってしまう。何しろ頭が固いから、一本の線を引いたらそれが線路みたいに真っ直ぐにしか考えられない人達ばっかりよ」

花子はやたら、けなしまくっていた。

実は、花子は杉並東署にいた頃、一度だけある事件に関わって、本庁に出向いた事があり、そこで痛い目に遭っていたのだ。あっちはあっち、こっちはこっちでやればいいのよと、相変わらず強気の態度である。もっとも花子は東大出だから、勉強次第でいつでも本庁にいく事ができるわけだから、本庁を意識するのは俺だけかもしれないと思いつつ中西は車を走らせていた。

少し離れた所へ車を置くと、まるで押し売りのような格好で中に入っていった。続いて山倉と花子が早く早くと親戚の家でも訪ねるように、ここ、ここだよとはしゃぎながら、「お姉さんいる?」と大声を出して入った。

誘拐事件は家の中への入り方も悩むところであるが、今時外線工事などと古すぎで、それにあんな大きな車で行ったらすぐに分かってしまうと言っていたが、山倉は圧倒されていた。

問題は近所に悟られずに中に入ればいいわけだからと、一歩、中に入った。案の定水を打ったような静けさ。これも花子にとって気に入らないひとつでもある。みんなを無理やりに黙らせて、まるで捕虜なみである。

「でもまぁ、相手もあることだし」

と、諦《あきら》め顔で「失礼します」

頭を下げて見ると、相手もびっくりしている。

「あれ」

と、同じ事を言い合う。

「時任さん」

「東大寺。懐かしいなぁ……」と見つめ合っていた。二人は杉並署で一緒に仕事をしたことが、といっても時任は年が五ツも上で、若いながらも優秀で花子の剣道の先生でもあったのだ。

「時任さん、またいっぺんに十階段も飛び越して本庁へ行かれたのですか。ダメですよ、一人で上へ上へと昇っては」

と笑っていたら、みんなににらみつけられた。が、何しろこの事件の責任者で来ているので、誰も何も言えない。

「ああ、紹介します」と、やっと自分に戻る。

「こちらがうちの署で偉い人で、山さん。じゃない、山倉さんです」

「こんな時にこの馬鹿が……」

それはさておき、「山倉です」と、挨拶をした。

「そして、」と言おうとしたが、「中西です」と先に自分で答えた。

花子に何を言われるか分からないのでなかなか心得たものだと、山倉は苦笑いである。

「それで、どこで、いくつの子供が誘拐されたのでしょうか」

「それが、目白台五丁目にある公園に、一人で散歩に行くと出ていった七十歳のお婆ちゃんなんです」

横にいた刑事が答えた。みんな、唖然《あぜん》とする。

「エッ？　あの、子供じゃないんですか？　お婆ちゃんって、ここのお婆ちゃんですか？」

と中西が聞く。

「そうです」

花子が思わず聞き返す。

「それって、迷子なんじゃないんですか？」

「この馬鹿が、どうしたらそういう事が言えるのか。本庁が前もって出向いて来ているのに、迷子なんて言ったら殺されるよ」と、山倉が小声で呟く。

「どうもすみません」と、二人揃って花子の前に立った。

「電話があって、我々も来たわけで……」と、説明をしてくれた。

それはそうだ、と花子も納得はしたものの、「よりによって、何でお婆ちゃんなんでしょうね」

と、時任に尋ねていた。時任は時任で、

「さぁ……」と、首を捻《ひね》った。

「見た限りでは、それほど大金持ちでもなさそうだし、そんなお婆ちゃんを誘拐しても、あまり得はなさそうだしなぁ……」

これはもちろん、自分一人の意見である。また、余計な事を言ったら殺されるとまでいかなくても、ここから追い出されるのは間違いないと思った。

「それで、犯人は何と言ってきているんですか?」

「それがまだ何も」

「エッ? 何もって、もう一時間以上たっていますよ。何の連絡もないって、どういう事でしょうか」

「そう言われても……何も分かっていない」

と本庁の刑事たちが言う。

「やっぱりいたずらでは」

「いや、これは立派な誘拐に間違いありません」

一人の刑事がそう断言をした。時任が事の次第を話し始めた。

「お婆ちゃんを誘拐した。五千万円を用意して待て」

そう連絡があったっきり、いまだに何の連絡もないのだという。お婆ちゃんというのは、ここの奥さんの旦那さんの母親らしい。

そうこうしているうちに電話が鳴った。本庁側が、「奥さん、ゆっくり話しをして下さい」と言ったが、犯人の方が早い早い。用件だけ言って切った。その間、約三十秒。

「現金はいらん。五千万円の小切手を用意して待て。三十分後に電話をする」

それだけだった。

「この犯人は何を考えているんだ……現金の方が安全だろうが。小切手なんかにしたら、五分としないうちに足がついてしまうだろうに。どうやって受け取るつもりだ。車から落とす、空からまき散らす……」

もし仮に受け取ったにしても、銀行に行けばその場で御用になる。やっぱりこの犯人は馬鹿かアホかずぶの素人か。花子は初めて時任を、官吏官と呼んで、尋ねた。

「どう思います？」

「さぁ……、とにかくあと三十分待つしかない」

聞くだけ野暮《やぼ》だった。花子が山倉を呼んで奥の方に入って行った。中西もついて来た。

「これって何か、違う目的がありそうですね」

山倉も頷く。

「ここの子供は何歳？」

「高校二年って言ってましたが」

「高校二年って言うと、十四、十五、十六歳ぐらいか」

「そんなに並べたら何歳か分かりませんよ」と、中西。

「もう帰って来る頃かな」

「でも今時の子供は夜中ですよ」

「夜中？」

「夜中ならいい方です。時には帰って来ないこともありますよ」

「それにしてもお腹が空きましたねぇ」

花子が山倉に訴えていたところ、いいタイミングで奥さんがお茶とお菓子を持って来たのにはみんな驚いた。

「なんじゃこれは。身内が誘拐されたというのに」

この奥さん、まるで自分の子供の誘拐でないので、少し安心しているようにも見えたが、それにしても楽天的すぎる。旦那の方は自分の母親だけに、心穏やかではいられず、お茶どころか、下を向いたまま、ただただ電話を待っていた。そこへ学校から子供が帰って来た。

「お婆ちゃん、まだ見つからないのか」と、平気な顔で聞いてきた。

「あの、ちょっといいですか?」

「ああ、俺は関係ないから」と、手を横に振る。

「第一、ばばあは嫌いだ。なによりばばあ恐怖症だ」

そう言って、さっさと自分の部屋へ入って行ってしまった。

「このクソガキが」

ひっぱたいてやりたい気持ちでいっぱいの中西が、苦々しそうに言う。

「それで、お婆ちゃんがいなくなったというのに平気で学校にも行けるわけか」

実は中西はお婆ちゃん子で、家族の話をする時は、いつもお婆ちゃんが先に出て来るほどなのである。

それはさておき、花子の見方は少し違っていた。彼の話の中に温かみを感じていた。もしも気にしていないのなら、帰るなりお婆ちゃんの事などまずは聞かないだろうと思った。

その子供がまた、出掛けようとしたのを見て、時任が言った。

「今日は家にいてくれるように」

「何でだよ。そんなくだらない事に付き合っていられないよ。約束があるんだから。こんな馬鹿げた事は親父かおふくろが心配してやればいいだろうが。自分達の親なんだから」

強い口調でそう言って出掛けていってしまった。中西が、尾行しますと合図をして後を追う。

「やっぱりあの子はいい子かもしれない」

そう言う花子に、山倉も頷いた。

「そんな気がしてきた」

「山さん、もしかして、あの子、お婆ちゃんの居所を知っているのではないでしょうか」

「まだ分からんが、中西が帰ってくれれば何かが分かるかもしれんよ」

「そうですね」

その時電話が鳴った。

「五千万円の小切手を封筒に入れて、護国寺の横にある交番に落とし物として届けろ。小切手が届いた事が分かれば婆あはすぐ帰す」

みんな呆気にとられていた。

「この犯人は遊んでいるのか」

本庁の刑事が怒っていた。

「落とし物として届ければ、自分達の物にするのはかなり難しくなる。と言うよりも、絶対に不可能だ」

これにはさすがの時任も、頭をかかえ込んだが、まだ何が起きているのかその事態もよくのみ込めていなかった。

「どういう事ですかねー」と花子が聞く。

「どうもこうもない。聞いての通りだ」

それじゃ話が続けられないだろうが……。もうちょっと、いい言い方はないものかと思ったが、口に出しても無駄と思い、やめる事にした。

「警察に届けて、いったいどうやって受け取るつもりなのか」

時任はまだ真剣に考えこんでいた。

「あの、すみませんがトイレを貸していただけませんか」

花子がトイレの中に消えて、署に電話を入れ、用件のみを伝える。

「今から、護国寺の交番に守治家のご主人が行くから、竹下をまぎれ込ませてほしい」

「犯人像が全然見えてこないが、取りあえず拾い物として交番に届けて来て下さい」

そう時任が頼み、守治家が出掛けた。本庁の刑事も後を追う。

竹下は制服に着替えて、交番の前に立っていた。

みんなが出掛けた後、奥さんが、「落ち着いていられません」と言って台所の片付けに部屋を離れていった。後に残った山倉も、終始、黙りこんでいた。

「これはやっぱり身内の可能性も考えてみる必要があるかもしれませんよ」

花子が山倉に語《かた》りかけた。

「なぜなら、まず事件の緊迫性がないこと。慌てている様子には見えますが、何か不自然なところがある。さすがに父親は自分の親だけに一人心配しているようですがこれも芝居かもしれないし」

おかしな事件とはいえ、現実に起こっているのだ。

「あの、お金の落とし物はいつまでなんですか」

花子が時任に尋ねる。

「エ……？」

「半年か一年ぐらいは預かるのかなぁ」と、時任。

ぐらいってどういうことだよ。もっと勉強しろよな、この頭でっかちが……。と心の中で呟く。

「それじゃ一年待ちましょう」

腹立たしく花子が言った。すると、本庁の刑事が、「エッ……、一年もですか」と言う。

「一年ぐらいすぐですよ」

「一年もこの事件が解決しなければ困りますよ」

これだから現場を知らない者は困るよ。誘拐に一年も掛かってどうする。何の疑問も持たずに片付けば、苦労はないわ。こんな連中に話す気はサラサラない、とまたまた黙り込んでしまった。しばらくすると、竹下からの電話が入った。

「小切手は今、届け終わり、ご主人が家に戻っていきました」

「途中、何事もなく、怪しい人も見当たりませんでした。一人の高校の女の子が道を聞きに来た以外は、これも、道を聞くとありがとうと言ってすぐに帰りましたから。僕は署に戻ります」

それから間もなく、かれこれ二時間ちょっとしてから、誘拐されていたお婆ちゃんが一人で帰って来た。訳を聞くと、いつも散歩に行く公園から目隠しされて、車でどこかに連れて行かれて、また、あの公園に戻されたという。それでここまで歩いて帰って来たので場所も何も分からないと話した。

取りあえず、疲れているので休ませたいと家族が申し出て、二階へ連れて上がった。間もなく、子供も帰って来たが何事もなかったように自分の部屋へ入っていった。お婆ちゃんの事も何も聞かなかった。中西は署に戻って電話を入れた。

「子供は家を出てから男友達と落ち合って、目白台のマクドナルドで話し込んでどこへも寄らずに真っすぐに帰ってきました」

こちらもお婆ちゃんが戻ったことを話して一応の心配を解いた。

それから二時間ほど待ってみたが、電話がかかってこなかったのでひとまず解散することにした。事件が片付くまでは遠くには行かないようにと家族に念を押した時、父親が言った。

「それは困ります」

「エッ？　どういう事ですか」

「私達は二週間後にオーストラリアに行くんです」

「オーストラリアへ行くって、何しにですか」

「何しにって仕事ですよ。会社が向こうに支店を進出するために先へ行っています。あちらの人達を招いて大がかりなイベントをやるので何人かの社員が手伝いに行くことになっているんです。僕達夫婦も行くことに前から決まっているので、変更は絶対にできません。これは私達家族の生活がかかっていることなので、刑事さんが何と言われようと、お婆ちゃんも帰って来たことですし、これでよしとして下さい」

必死の訴えである。

「分かりました。検討してみます」

その場は引き上げる事にして全員が署に戻って来た。署長が席を外していたので、課長を囲んで本庁とともに今後どうするかの相談が始められた。時任は一言も口出しはしないでただ黙って聞いていた。花子が口を開いた。

「あの夫婦に二週間後にオーストラリアに行っていただきましょう。どうみてもあの誘拐はやっぱり身内の仕業のように思います。すべてが不自然で外に犯人はいないとみているのですが、いかがでしょうか」

課長も今までの話の内容からそう思った。

「そのようにしたいと思いますが」

と時任に同意を求める。

「分かりました。みんなに従いますのでよろしく」

中西は、少しの間時任と一緒にいて、彼の人柄の良さが分かって来ていたのでニコニコしていると、時任の方も笑顔で話し始めた。

「あの夫婦が出かけた後、お婆ちゃんと子供はどうするのか、守治家夫婦のオーストラリアに行くまでの行動などをこちらでも調べますのでどうかご協力をお願いします」

中西を始め、山倉までもが「分かりました。こちらこそよろしく」と、口を揃えて答えた。話の合間に百合子がお茶を持って来た。

「うちのお茶はとっても美味しいので」

花子が本庁に勧める。

「ありがとう」

時任もニッコリ笑って百合子に会釈をした。そしてその場は一様の解散となって時任も引き上げていった。暫くして思いついたように花子が竹下に尋ねる。

「竹ちゃん、あの交番に道を聞きに来た女の子ってどんな感じの子」

「エッ……」

「ほら、届け物に行った時、道を聞きに来たという女の子」

「ああ。普通の高校生でしたけど……」

「でもね、高校生の女の子ならこの辺の子だろうし、道を聞きに来るのもおかしいよね。何か変わった事はなかった？」

「何かと言われても、特別な事は……。すごく可愛かったなぁ」

「だめだこりゃ」

呆れ顔をしていたら、百合子は百合子で関係ない事を言っている。

「いい人ですよね、あの官吏官」

「あれ、百合ちゃん」と冷やかす。

「違いますよ、花子さんの剣道の先生と聞いて、ああ、そうかと思いました」

「思いましたってどういうこと？」

「だってやることが花子さんに似ています」

「エーッ。どこが」

「どこって言われても分かりませんけど」

「それって私が男っぽいっていうことかしら」

「いいえ、大丈夫です。立派な女の子に見えますから」

「見えますって、あのね、百合ちゃん」

からかわれながら、どれくらいの雑談が続いたのか、その時、時任から電話が入った。

課長から「本庁の時任から電話だ」と言われて山倉が代わった。

「ハイ、山倉です。エ……台の上、電話台の上ですか」

やっぱり花子と付き合うとみんな先走って前後が逆さまになるようだ。言っていることがさっぱり分からない。

「失礼ですが、官吏官、落ち着いていただけますか」

山倉も、言いづらそうに電話の応対をしている。守治家の電話台の上に、老人ホームのパンフレットがあったのが、ちょっと気になったのでという話だった。

山倉も、それには気が付かなかったが、もう一度調べてから返事をすると言って、一応電話を切った。

「花子君、電話台の上にパンフレットがあったか?」

山倉の話もつじつまがあっていない。それを聞いていた中西が、考えながら答えた。

「そういえば、ありましたよ。伊東とか、伊豆とか、書いてあったか……」

「行って来ます」

花子が出かけようとすると、竹下も立ち上がって二人一緒に出ていった。

守治家の中ではなぜか、四人揃って話し合いをしていた。話を聞くと、夫婦そろってオーストラリアに行くので、落とし物の五千万円を子供とお婆ちゃんが取りに行くと、証明書を書いておいてくれという話だった。落とし物の小切手はこの一家の仕業に間違いないと花子は確信した。

「山さんを呼んで」

複雑な気持ちで竹下に言った。まもなく山倉と時任がやって来た。

「山さん、何で時任が」

そう尋ねると、課長が本庁から始まった事件を本庁抜きにしていろいろ先走るなという事だった。

「俺もそう思ったので連絡を取って一緒に来ていただいた。でもまだはっきりとした事は分かっていません」

どうも、署長の顔を潰さぬように、本庁を立てろということらしい。そうと分かれば話も早い。

「お呼び立てをいたしまして申し訳ありません」

こちらが一枚上手《うわて》である。長い物には巻かれろってことかと、山倉の顔を見た。時任も来る途中に山倉から話の内容は少し聞いていたので、守治家宅に着くなり、みんなの中に座り、子供から直接に聞くことにした。そうすれば、親が何らかの反応を示すだろうと思ったのだ。

「この計画は君が考えて友達を巻き込んでやったんですね」

いきなり時任が子供に向かって聞くと、何と、慌てたのはお婆ちゃんだった。

「違いますよ。この子はそんなことはしません。私がみんなやったんです」

「お婆ちゃん」

息子夫婦がびっくりした声をあげた。

話を聞くと、息子夫婦がいずれオーストラリアへ永住することになるかもしれないと、お婆ちゃんを養老院に入れる話をしていたのを子供が聞いていたらしい。お婆ちゃんも養老院はいやだと前から言っていたので伊豆のホテル並みの所ならいいだろうと思い、お婆ちゃんのためにと誘拐を思い付き、友達に手伝ってもらい計画をしたとのことだった。お婆ちゃんは何も知らないと、嘘か本当かかばっていた。それにしても、時任の一声であっという間の解決であった。

子供に対してちょっと残酷なようだが、こういうやり方もあるのだと少し驚いた。何か毅然《きぜん》とした態度ではっきりと事件に当たっているのを見て感心はしたものの、この子がいい子だったことも考慮に入れておかなくてはと、花子は一人思っていた。

署に戻って、署長始め、みんなも事件について話し合いをしていた。

「しかしなぁ、契約金が五千万で一日一万で一ヶ月三十六万、十年で三千六百万で後は年金で何とかなるということだった。かれこれ一億円、一生掛かっても払えないお金だ」

と中西が言った。

「結局あの子もお婆ちゃんのために考えついたと聞いて少しは安心したけれど、後はどうなるのかと思うと複雑な気持ちになりますよ」

と竹下も考えあぐねているようだった。

「警察以外は誰一人被害を被っていないので、それにこちらではちょっと難しすぎてどう対処していいのか分からないので、できればこの後の事は本庁で処理していただけないものか」

署長が時任に尋ねてみた。本庁もそれで了解をして話は終了した。出されたお茶を飲みほして時任が立ち上がって部下と一緒に出て行こうとした時、突然花子が声を上げた。

「本庁、官吏課長殿に敬礼！」

時任が驚いて振り返ってみると、花子始め、署長までもが敬礼をしながら、

「お疲れ様でした」

と声をかけた。みんなの顔を見た時任は、できれば俺もこういうところで仕事がしたいと思ったが、我に返って頭を下げ、堂々と出て行った。

「ああ、疲れた疲れた」

息つく間もなく、連発の花子を見て、署長も呆れ顔。

「それにしても年をとるってお金がかかるんですねえ」と中西が何故か悩んでいた。ふと、自分のお婆ちゃんのことを考えたのかもしれない。

「あのお金、返ってきますよね」

「元々、自分達のお金なんだから返ってきますよ。何も聞いていなかったの、本庁がすべてやってくれると言っていたでしょう。もうお婆ちゃんのことは忘れて下さい」

「そうします」と、お茶を飲み直した。

「花子さん、この間のところには行って来ましたか?」

と、百合子に聞かれた。

「エッ? この間の所って……?」

「めぐり逢いですよ」

「ああ……、それがね。会いに行ったんだけど、手術室に入っていて会えずじまい。それでね何故か、さやかに先を越されてしまって……」

「花子さんがボヤボヤしていても安心ですね。子供がしっかりしているので。早く帰ってあげて下さい。事件のない時くらい」

そう言われて、早い早い、あっという間にすっ飛んで帰っていった。

「いくら早くと言ったって早過ぎですよ」

とみんなを振り返ったが、竹下も中西までもが帰り仕度は済んでいて、後は署を出るだけの態勢であった。

牛乳泥棒

「それで、ピクニック、どこへ行くって？」

「江戸川公園」

「エーッ」と驚いた。

「江戸川公園って？」

「そこの……」

「嘘でしょう」

「何よ、ママ、いやなの？」

「だって近すぎて面白くないよ」

「何をわがまま言ってるの。ママのお仕事を考えて、近くにしたんでしょう。先生がそう言ったの」

「言わないわよ、そんなこと」

「だったらなんで、人に会えばいつも忙しい忙しいって言ってるの。それだけで分かってしまうの。それに平気で途中から消えるから、残った者はとっても困るのよね。そういうことも分かって言っているんでしょうね」

「ああ、忘れてた。大変失礼いたしました。江戸川公園でよろしくお願いいたします」

「私、おいなりさん作るから」

「面倒くさいからおにぎりでいいよ」

「まったく、愛のないママ。もう連れて行かないから」

「今頃って、何の花が咲いているのかなぁ」

「桜はとっくに終わってるし、いいでしょう、どんな花が咲いていたって、どうせ花なんか見もしないくせに」

子供ながらも母親の性格をよく知っている。

「ああ、さやか、おいなりさんでいいから」

「始めからそう言えばいいのに、まったく可愛くないんだから」

何か完全に逆さまのようである。

「すぐそうやって吠える」

ふざけて言い争っていたら、電話が鳴った。

「ママ、電話。仕事なら早く行って」

外に出てからちょっと不思議に思った。さやかはどうやって先生と連絡をとっているんだろうか。私はなかなか会えないというのに……。考えつかないうちに署についていた。

「遅くなりました」

「雑司ヶ谷で泥棒だ、行くぞ」

出掛けてみると、拍子抜けした。

「それで何をとられたんですか」

「牛乳です」

「エッ、ちょっと待って下さい。牛乳って飲む牛乳のことですか」

「そうですよ」

「あの、それってもしかして、配達の人が忘れたのでは……」

「いいえ、確認をとりました」

「お子さんが飲んだとか……」

「今、子供はいません。とにかく中身がないんです」

またまた、おかしな事を。

「中身って」

「ビンはあるんですけど中身だけが飲まれていたんです。なんか気持ち悪くて……」

聞いていているうちに何だか頭がこんがらがってきた。

「そうですね、それでなくてもこんがらがっているのに、これ以上、こんがらがるとどうにもなりませんよ」

と、花子が言っていたら、

「刑事さん、ふざけないで早く犯人を見付けて下さい」

「牛乳が入るのは六時頃って言っていましたが、どうしてその時、取り込まなかったのですか、もう九時を過ぎていますが。そんなに取り込まなかったら、悪くなりますよ」

「今日は仕事も休みなので、ゆっくりしようと思っていて、牛乳が来るのを思い出したら、こんな時間になってしまったんです」

「分かりました。調べてみます。牛乳屋さんを教えていただけますか」

「行くか」

と山倉が言うので、

「山さんはこの辺を、私が行きます」

そう言っていたら、竹下がやって来た。

山倉と、竹下を残して花子は牛乳屋へ向かった。

「俺達は近所の聞き込みをするか」

「どう聞き込みするんですか。牛乳飲んだ人知っていますかって」

「そうするより仕方ないだろう」と言ったが、案の定だった。

「刑事さん、言ってる意味がよく分かりませんが、五時から六時頃に誰か怪しい人を見かけなかったと聞かれているんでしょうか」

反対にそう聞かれる始末だ。

「そうなんです。お願いします」

「怪しい人って別に見ませんでしたけど。牛乳屋さんと新聞配達の二人だけですよ。ねえ刑事さん、何かあったんですか。事件とか」

「いやいや……。ちょっと可愛い子猫が迷い子になりまして、ありがとうございました。他を捜しますので」

と言って立ち去ったが、竹下が立ち止まって考えていた。今、山さんは何て言ったんだろう……。あれは洒落《しゃれ》でもないし、おかしいなぁ……。

「竹下何してる、行くぞ、夕刊も配るって言っていたから新聞屋へ行けば事情だけでも聞ける」

花子は花子で牛乳屋で叱られていた。

「配達しましたよ、俺が配ったんだから間違いありませんよ。刑事さんねぼけちゃいませんよ」

それぞれに聞き込みに回ってまもなく事件も解決をして、すべてが終わって署に戻って来たのは三時をまわっていた。

江戸川橋に住む山口公一の次男で高校二年生。家の方は特別裕福ではないが困っている家計でもなく、ごく普通の家庭で、大学へ行くので少しでも足《た》しにしようとバイトを始め、その日はたまたまお金を持って出なかったのでのどが乾きつい魔が差してしまったということだった。悪事をしたとすぐに謝まりにいけば良かったと本人も言っていたが、急に怖くなって行けなかったとのこと。両親と共に相手方に謝罪をして、先様《さきさま》も前途ある少年なので牛乳くらいで告訴はしませんよ、と言った。それで一件落着。これからも新聞配達を続けるとのことだった。

「それにしても今時新聞少年とは嬉しいですねぇ」と中西が言ったが、

「例え牛乳一本でも盗みは盗みだ。先方の善意で一人の少年を犯罪者にしないで済んだのは一人ひとりの心の中の愛があったおかげで解決したようなものだ」

「そうですね」と言って竹下が、

「そうすると一番の愛は山さんですね。山さんのあのドラマ的な言葉にも愛が燦々《さんさん》でしたよ」

するると百合子が興味を示した。

「何て言ったんですか」

「聞きたいですか」

答えが返って来るか来ないうちにもう話し始めていた。

「いやいや、可愛い子猫が迷子になりましてね……と言ったんですよ。信じられます? 山さん本当はロマンチストなんですよね」

山倉はからかわれていると思いムッとした。

「花子はどうした」

いない人間に八ツ当たりした。

「今、ここにいたんですけど……。ああ、三時のおやつをしに行ったんじゃありませんか」

と言っていたら、コンビニへ行って来たとたくさんのパンを出した。

「もしかしておごり？」と、中西が聞くと、

「百合ちゃん以外はお金を頂きます」

「だからそんなわけないだろう」と竹下が言いながら、パンを選んでいた。課長もお金を払ったので「どうぞ」とすすめると、

「どれでもいい」と、手を出した。ひと口、パクついたところで電話が鳴ったのであわてて口の中にほうり込んだ。

アリバイ

「ハイ、刑事課。エッ、泥棒ですか」

と課長が言ったのでみんながびっくりした。

「また？　冗談でしょう」

今度は誰も慌てる様子もない。

「今度は何を取られたんでしょうかね。もしかしてパンだったりして……」

誰も立ち上がろうとしない。

「ふざけている場合か、早くしろ！　大塚五丁目の香取歯科前でみんなに捕まっているそうだ」

「エッ、もう捕まっているんですか」

「分からんから早く行けと言っているんだ」

と、ついに怒鳴り出した。

「分かりました」

山倉始め、中西も続いて出て行く。

「留守番をします」

と花子がパンにかじりついていると、山倉が「早くしろよ」と静かな声で言った。

「こういう時に落ちる雷はしばらくは直らないぞ」

「聞き込みに回ります」

花子もそそくさと出ていった。

なんと、捕まったばかりの泥棒の入った家で人が殺されていた。花子が署に電話を入れ、泥棒は署に着いたかを聞いた。

「検視係に連絡を取りましたので、すぐ来ます」

竹下がそう伝えると、花子も署から捕まった空巣の靴の底に血痕が付いていたことを報告する。

「エッ、血痕ですか?」

「それでその場で殺人容疑にしたそうよ」

検視が始められた。

「死後三時間くらいで頭に打撲の跡があり、それが直接の死因かどうかはもう少し調べてみないと分かりません」

と、その場は引き上げて行った。容疑者の方も興奮状態で取り調べにならないので、一日おくことにする。その日は花子も帰宅した。

「あれ、お母さんどうしたの」

「明日さやかとデパートへ行くの」

「ああ、ママお帰り。ママ、ピクニックダメになったのよ」

「エッ、どうして?」

「先生、用事ができたんだって」

「なんだ……、楽しみにしていたのに」

「それでね、この間のケーキ美味しいって言っていたから届けることにしたの。この頃ママに似て先生もすごく忙しいみたいなの」

「そうみたいね、じゃ今度病院の近くで食事をしようと伝えておいて。ケーキ届けに行くんでしょう」

そういえば、私も少し体がだるい……と横になった。

やっぱりまだ若いのか、一晩ぐっすりで体は元気になっていた。鼻唄まじりで署に入って行くと課長がもう来ていた。

「東大寺、何かいいことでもあったのか?」

「いいえ、別に」

「頼むからどこへも行くな」

「何でですか」

「昨日の空巣の取り調べを手伝え」

「ああ、そうだ、あの被害者の男性、何か分かりましたか」

「竹下が今、聞きに出掛けたところだ。お前も早くしろよ」

「もう始めているんですか」

行ってみると、山倉と中西がすでに到着していた。何と早いこと。

「だから俺は殺《や》ってないって。さっきから何度も言ってるように嘘じゃないですよ、本当だって信じて下さいよ旦那」

「人の物を盗んで売り飛ばす奴の何を信じる」

「そりゃ、俺は泥棒はするけど人を傷付けたり、ましてや殺したりなんかはしないのが、俺なりのポリシーなんだよ。だから絶対に、殺《や》ってないって」

「ほお、泥棒にも五分の言い訳か？　とにかく四時から七時までのお前のアリバイが無いがどこにいたんだ」

「あるわけないだろう、その頃泥棒に入っていたんだから。しっかりして下さいよ旦那」

「それにしても腹減ったなぁ……」

カツ丼だ、うな丼だと、勝手に言いたい放題。

「お前なぁ、いい加減にしろよ。ここは食堂じゃないぞ」

「じゃ、お茶のおかわり」

「そうやってずっとふざけてろ」

怒りだした山倉を見て、花子が呆れて外に出てきた。課長に、「終ったのか？」と聞かれて、

「課長、山さん取り調べするより容疑者と遊んでいます」

と告げ口《つ》をした。

「あれじゃ、反対に逮捕されるよ」

「あいつは山さんの友達みたいなもんだ」

「エッ友達？　泥棒と友達？　嘘でしょう？」

「お前の来る前からの付き合いで、山さんに数えきれないほど捕まっている」

「それじゃ、犯人の可能性はゼロじゃないですか」

「それを分かっていて、いろいろと聞き出しているところだろう」

「それにしても、いい加減すぎるよ、あんな取り調べ方。私がやったらどうなると思います？　怒鳴られた上に説教もんですよ」

そう言いながら戻って行くと、腹減ったとまだやっていた。

「泊めてくれるのはいいけど警察も今時麦飯で驚きだよ。あれじゃ、いくら食ったって腹に力が入りませんよ」

「すべて吐いたら玉子丼とってやるよ」

「相変わらずケチだね。だから俺が入ったのは六時頃だって……。四時、五時じゃ少し明るすぎて入りにくいですからね」

「お前なぁ……。二、三日泊まっていけ」

「ダメだよ旦那、田舎からおふくろが出て来るんだよ。うまいもの食いに連れて行くって約束したんだから」

「ほう……そして親に言うのか、盗んだ金だって」

「まさか」

「何がまさかだ。そんな事が親に知れたら、お前一生後悔するぞ。そのない頭で少しは考えてみたらどうだ。空巣どころじゃ済まないぞ。お前の罪は軽いのばかりじゃないぞ。不法侵入、金品強奪、殺人逃走、大変なもんだ、どうする気だ」

「どう言ったら分かるんだよ、あの家に入って辺りを見渡しながら物色《ぶっしょく》をしていたら、足に何か触ったので見てみると血が、その横に人が倒れていて金庫も開いていたんですよ。それでびっくりして玄関から逃げようとして角を曲がった所で誰かが後ろから泥棒と叫んだのでこの有り様ですよ。あれ……？　逃げる時、誰かとすれ違ったなぁ……」

「いい加減な事を言うなよ」

「靴だ、旦那。靴を履いていたんですよ」

「普通はみんな靴は履いているもんだよ、警察を馬鹿にしているのか」

「でも、背広に運動靴だったんですよ。それに俺の事を泥棒と叫んだのは一体誰だ？　逃げる時、そばには誰もいなかったし、もしかしてすれ違った男が、でも何でだ？　その男は前から来たんだし、旦那、その男を見つけて下さいよ。そうすれば俺のアリバイが分かるかもしれませんから」

「あの家には金目の物は何もなかったんですよ。こんな所で少し物を盗んで泥棒扱いされたらたまらないから慌てましたよ」

「何という言い訳をするんだ。お前は立派な泥棒だよ。警察をなめるな。お前と話をしていると頭がおかしくなってくる。地下へ一ヶ月位、ほうり込んでおけ」

そう言って立ち上がった。

「冗談じゃありませんよ。俺デートがあるんだから」

「今、何か言ったか？　お前でも彼女がいるのか」

「そりゃ、今時誰だって女くらいいますよ、もしかして旦那、彼女いないわけじゃないですよね」

その時花子が山倉と中西の顔を見た。そのもしかして、と言おうとした時、

「早く連れて行け」

と言って出て行った。

「この全域で運動靴を買った人物がいないかどうかを調べてくれ。それに誰か泥棒と叫ん

だ人を見たものがいないかも、すべてひっくるめて捜査の開始だ」

山倉が声を掛けた。

「あの家に泥棒に入ったのを知ってとっさに殺人犯に仕立てた可能性があるな。殺してから血の付いた靴を隠してから買いに行って、靴を取り、血の付いた靴を取りに行く途中にすれ違った男を見てこれはチャンスと思い、泥棒と後ろから叫んで逃げたとしたら……」

「つじつまは合いますね」

「それにしても、裸足《はだし》で靴を買いに行ったのか」

「そうなりますね」

「まぁ、この区域で運動靴を買った人間がいなかったかを調べるとして、近所の目撃者捜しも一緒にやってくれ」

「分かりました」

と答えて持ち場に着いてしばらくしてから、

「ああ、中西ですが、靴屋じゃないんですが靴を盗まれたという人が現れました。盗まれたのは運動靴だそうです。洗って干してあったのが無くなってるとかで。ハイ、干したのは、朝の十時頃だそうですが、盗まれた時間は分からなく、六時くらいに取りに出たら無かったそうです。靴くらい仕方ないと諦めようと思っていたら、刑事が来たので丁度良かったと話してくれました」

「その辺に不審な人を見た者がいないか、引き続き、あたってみてくれ」
五、六件まわって終わり頃、竹下が、声を上げて指を差した。
「花子さん」

花子も少し、戸惑いながら見ると、名札が尾花幸男とある。被害者の、尾花健一郎と同じ名字である。何の巡りあわせだろうか。それとも偶然なのか、驚きである。これはよっぽど気を付けていかないと大変な事になると切り出し方を尋ねると、竹下は、そのままで行きましょうと言う。花子は署に知らせた方がいいのでは、と言った。ひとまずあたってからにしましょうと竹下が言うので、深く息をしてから、

「失礼します」

と花子が軽く声をかけた。

「ハイ」

声と共に、尾花幸男が出て来たので、竹下が尋ねた。

「警察の者ですが、申し訳ありませんが、尾花健一郎さんの事でお聞きしたいんですが。

もしかしてお知り合いでしょうか。外の名札が同じなので」

「確かに健一郎は僕の伯父ですが、それが何か……」

「ちょっと、お聞きしたい事がありますので署まで同行お願いできませんでしょうか」

「待って下さい。何で僕が警察へ？」

「ちょっと、お聞きするだけですので……」

「行く気はない」

戸を閉めようとする。戸を竹下が押さえていた。

「知らないですよ、何なんですか」

「尾花さん、今日健一郎さんの家に行かれましたね」

「行ってません。帰って下さい」

「お部屋の中をちょっと、拝見させていただけますか」

「やめて下さい」

その時、花子が靴を見た。

「この靴はあなたのですか？」

「触るな！」

言葉も急に乱暴になって、手も付けられなくなったので応援を頼んだ。ひとしきり暴れまくってやっと落ち着き、取り調べに応じた。

「尾花さん、本当の事を言って下さい」

「あいつが悪いんだ」

「あなたの伯父さんですね」

「貸したお金を返せって」

「でも借りた物は返すのが普通でしょう」

「いつでもいいって、催促なしでいいって言ったのに、嘘つきやがって。あいつはいつも嘘をつく嫌な奴だ。死んで良かった」

悪びれる様子もなく薄笑いを浮かべていた。

外では中西が、靴の確認に出かけていた。

「盗まれたのはこの靴に間違いありませんか」

「ハイ。間違いありません」

「でも刑事さん、もういりませんから捨てて下さい。気持ち悪いですから。本当にもうどうなっているんでしょうね」

と言いながら、家の中に入っていった。

「尾花幸男の家にあった靴は盗まれた物に、間違いはないそうです。確認がとれました。尾花も自供しました。もう逃げられないと、思ったのでしょうか。伯父さんに借金の返済を迫られ、半分だけ返すので借用書を出しておいてくれと頼んで、始めから殺すつもりで行ったそうです。ナイフは持っていったが用心されていたので灰皿で殴ったそうです。灰皿の指紋も一致しました。尾花幸男のものです。女房《つれあい》がいた頃は、とっても優しかったのに、伯母が亡くなって一人暮らしをするようになってから人を寄せつけなくなったそうです」

「寄せつけなくなったのではなく、男一人のところへみんなが行かなくなったのではないでしょうか」

「そうかもしれませんね。空き巣が入ったのは知っていたそうです。山さんの推理がピッタリ。始めから殺すつもりで行ったって、どうなっているんですかね」

「それにしても、身内が裏から入って泥棒が玄関からなんて、まるで逆さまだよ」

「あれ？　伯父って妹の旦那だっけ？」

「何をとぼけているんだ」

「だって、何がどうなっているのか分からないよ。この世の中と一緒で。それであの、泥棒はどうなるんですか?」

「まぁ、今回は何も盗まなかったし、それに少しは犯人逮捕に協力をしたということで、書類送検で釈放だろう」

「それにしても山さん、楽しそうに遊んでいましたね?」

と言うと、中西がまた余計な一言。

「遊んでいたんじゃありませんよ、遊ばれていたんですよ」

「無駄口叩いてないでさっさと報告書を書け」

「ハイ」

「ああ…山さん、今時彼女の一人や二人いないのかですか。たいした泥棒でしたね」

すると花子も、輪をかけた。

「きっと釈放されたらまた来ますよ、山さんいますかって」

「お前、その口なんとかならんのか。百合ちゃん、口の中に入れる物何かあるか?」

と言いながら、一息ついて、雑談もはずんでいた。

「東大寺、電話だ」

と課長が声を掛けた。

「ハイ、またさやかだ、今度は何だ」

と言いながら、乱暴気味に
「ハイ、東大寺です。仕事場には電話をしないように言ってあるでしょう。エッ、先生？立花君……。ああ、違うのごめん、いたずらかと思ったもんで……。でもびっくりした。電話くれるなんてどうかしたの？」

「うん、沖縄へ」

「何しに？」

「学会」と、ひとしきりしゃべってから切った。

百合子が、「何かありました？」と尋ねてきた。

「学会で一週間ほど沖縄へ行くんだって。帰って来たら会おうって」

「ハイ、ハイ。分かりました。温いお茶ですけどご馳走様でした」

とからかいながら、

「お疲れでしょうから早く帰っていい夢でも見て下さい」

意味不明な事を言いながら帰るようにうながしてくれた。

ひき逃げ

「今日の空はどんより曇って憂鬱《ゆううつ》である」

「仕方ないですよ。もう梅雨ですから」

「梅雨っていつ頃からなの」

「早くて六月頃遅くて七月かしら」

「それで今、何月だっけ」

「花子さん、私で遊んでいます?」

二人でふざけているところへ電話が入った。

「ハイ、大塚警察南署。ひき逃げだ、仕度しろ」

「あれ、ひき逃げって交通課じゃなかったっけ、なんで」

「いいから行け。目白台三丁目、バス停付近でひき逃げ。身元不明。十五歳から二十歳くらい。目撃者無し」

「あの人通りの多い所で目撃者無しって嘘でしょう」

花子は急いで交通課の所へ行った。

「目撃者がいないってどういう事ですか？　こんな真っ昼間、どこを見ても目撃者だらけじゃないですか」

とくってかかった。

「だから、何度も言っているように誰も見ていないんです」

「そんなアホな」

「アホってどういう事ですか」

交通課の巡査長がムッとしてこちらに向かって来たのを見て、山倉が大声を出した。

「東大寺、グズグズしないで目撃者を捜せ、早くしろ」

顎でしゃくってこちらに呼び寄せた。

「余計なことに首を突っこむな」

と釘を刺される。

「だって、来てからすぐ当たれば目撃者くらい、見つけられたかもしれないのに」

と納得の行かないまま、一歩下がったが、「それじゃなんで、捜査課を呼んだ」とムクレていた。

「お前、習わなかったのか？　刑事の基本を」

「基本ね…、ああ、遠い昔で忘れちゃいました」

「まったく、あー言えばこう言う。本当にお前にはつける薬がないよ」

「山さん、現場押さえておかなくていいんですか。これじゃ交通課に滅茶苦茶にされた上、証拠までも消されてしまいますよ」

そう言ったのが聞こえたのか、山倉に向かって「どうぞ」と相手が下がってくれた。

「初めからそうすればいいのに素直じゃないよ」と呟やく花子。

「自分の事はどこの棚に上げたのか、この馬鹿もんが」と呆れ顔。

「今日の事件は何ひとつ手掛かりのない難事件になってしまって手の付けようもない。年は十五年から二十歳くらいまで、まだ子供のようである。死後十時間以上、身長一六三センチ、身分の証明される物は何もなし。検死の結果、身体には無数の古傷があり、右上頭部を何か固い物で殴打されたと見られ、それが直接の原因と思われ、ひき逃げではない」

という答えが返ってきた。その時、花子が拳で机を叩いて「だからもっと早く」と腹を立てながら立ち上がった。

「とにかく遺留品と共にこちらに引き継いできます」と出ようとしたすると、

「ああ、俺が行く」と山倉が言った。これ以上、もめてもらっては困ると思ったのか、中西を伴って出掛けて行った。

花子の不満も分かるような気がした。遺留品を調べても、何ひとつ証拠が見つからない。時計、ズボン、靴、ワイシャツ、これだけじゃどうする事もできないと唸《うな》るばかりで、さすがの中西も愚痴《ぐち》りながら、交通課ももっと早く引き渡ししてくれればいいのに……と山倉に訴えていた。

「今、分かっているのはひき逃げに見せかけるためにあの場所に遺体を置いていったという事だけですね」

「一体どこの誰が……。古傷もあるし、もしかしていじめにあっていた可能性もあるとすれば何だか泣けてきそうな事件だよ」

花子は落ち込んでいた。

「調べるといっても、学校へ行って生徒さんいなくなってはいませんかと聞くわけにもいかないし、それに学生とは限らないし、十五分から二十歳までとか言っていたから、これじゃ家族が名乗り出てくれるのを待つしかないのでしょうか」

と言ったが、誰も答えてくれない。

「もう一度、遺留品を見てきます」

「あれじゃどうにもならないだろう」

と言いながら、竹下、花子も中西に続いた。

「ウン」と花子が言うと、
山倉が、「どうした」と声を掛けてきた。

「これってもしかして、洗濯物を出した時に付けてくれる印《しるし》じゃないの」

「ああ、そうですよ。僕なんか面倒くさくてそのままですよ。それが以外と丈夫でいつまでも取れませんよ。もしかしてこれで何か分かるかもしれませんよ。近所の洗濯屋へ行って来ます」

「そんな事ってあるのか」

山倉も半信半疑でいたところ、しばらくしてから花子が跳ぶように戻って来た。

「分かりました」

続いて中西も声を上げて、

「この洗濯物を受けたのは目白台五丁目坂下にある田口という店だそうです」

何で三センチにも満たない紙切れでそんな事が分かるのか不思議である。

「その紙にもいろいろあって、白や黄色の色付けで分かるそうです。でも中には同じ色があって分かりにくい場合もあるとかで、ラッキーでした」

とにかくその洗濯屋へ行って、誰が出したか調べてくれとは言ったものの、このズボンで分かるのか、ちょっと不安でもあった。

「花子」

「ハイ」

「まだ分からんが、よくやった」

「あれ、ひょっとして私、ほめられています？　でも冗談はやめて下さいね。後が怖くて喜べませんから」

と言って出て行った。中西が、

「嬉しいくせに……」

とニッコリ。それにしても分かれば分かるもんで次から次と謎が解けていく。

「被害者は目白台十二丁目八番地早川敏男の次男で早川保、十六歳、高校二年。関口高校

に通って三ツ違いの兄と、両親の四人家族だそうです。今、皆留守なので帰りを待ってから遺体の確認をして署に来ていただきますので」

と言ってから、二、三時間後に戻って来た。

「息子さんに間違いないと言う事で、すぐにも家の方に連れて帰りたいと言っていますが」

「課長が今、手続きを取っておりますので、お知らせ致します」

今日のところは引き取っていただく事になった。

「高校の方にもいろいろと当たってみましたが、ちょうど、土曜日が重なり、月、火と風邪を引いたと休んだ以外は学校は一度も欠席した事がないそうです。それにあの辺は治安も良く、学校でもいじめどころか喧嘩さえもあまりないという事でした」

「明日もう一度、家の周辺を回ってみてくれ。事が事だけに充分に気を付けてやるように。ここへ来てからまた行き詰まってはかなわんからな」

「分かりました」

翌朝、「おはよう」と大欠伸《おおあくび》をしながら起きて来た花子に向かって、「ママ、少しだらしなくない？」

と言われてムッとして反対に言い返した。

「朝から何をやってるの。ガタガタとうるさくて寝ていられやしないよ」

「今頃起きて来て何言ってるの。そのうちに体が腐るわよ」

「親に向かって何ていう事を。さやか、コーヒー入れてよ」

「自分で入れなさい。朝は誰だって忙しいんだから。学校へ行く支度をしたり、ゴミを出したり、ママのしない事を私がやっているの。分かっているんでしょうね」

「何でいつもいつもそうやっていいがかりをつけて親を馬鹿にするの。さやか、今日は許さないわよ」

「痛いよ。本当の事を言っただけでしょう。それって暴力だよ」

「何が暴力だ」

「家庭内暴力で訴えるからね、もう。さっさと仕事に行きなさいよ……。ママ…？　どうかしたの、急に黙ってしまって」

何かと思いついたように仕事に行って来ると言って家を飛び出した。署に着くなり、

「課長、分かりました、暴力ですよ」

「何がだ。お前の事なら知っているよ」

「私の事はおいておいて、あのひき逃げは、家庭内暴力かもしれません」

「落ち着け、お前の話はいつも要領が得ん。もっと分かるように説明をしてくれ」

みんなもそう願います、と言った。また馬鹿にしてると思いつつ、

「あの少年の古傷からみて、前から暴力に、あっていたんではないでしょうか」

それはみんなもうすうす分かってはいたが、

「だから家庭内であの子が……、お兄さんが暴力を振るって何かの事情で殺されてしまって、遺体の始末に困って捨てたとか」

「言葉に気をつけろ」

「すみません」

「話としては分かりますが」

と、中西が言ってから、

「誰がおいていったんですか」

「それが分からないから困っているんでしょう」

「お前達、真面目に考えてから発言してくれよ」

と釘を刺されて落ち込む。どのくらいの時間が過ぎたのか、中西が、「僕の意見だけど、

聞いて下さい」と言った。

「子供が暴力を振るって何かの事情で死なせてしまい、遺体をひき逃げにみせかけるためにあそこへ置いていった」

「中ちゃん、だからそれをさっきから言っているじゃない。何で同じ事を。それで誰がとなっているわけでしょう」

「三人のうちの誰かですよ。兄の洋一ではないとして、父親か母親のどちらかが誤まって、そうでも考えなければ先には進みませんよ」

「よし、一応それで調べてみるとして、まずは、母親が免許証を持っているかどうかを当たってから父親にも参考人として来ていただく事にしよう」

「分かりました」

中西が立ち上がった時、母親が自首をして来た。なんというタイミング、と、取りあえず、お茶を出して落ち着かせてから事情聴取を始めた。

「七時頃に保が帰って来てご飯が遅いと暴力を振るい出したので、それを止めようとしてもみ合っているうちに、殴られそうになったので、玄関まで逃げたんです。そしてそこにあったバットで二、三回、殴りました。気がつくと死んでいたのです。それで朝まで隠しておいて翌朝、子供と主人が出かけた後、すぐにあのバス停に置いて帰って来ました」

「車の運転はできるんですか」

「田舎へ行くといつも運転していました」

「バットで殴られたと言われましたが、お子さんが追ってこられ殴られそうになったという事だけで、何とか避けられなかったのですか」

「いつもいつも殺してやると言っていたので、その日は特に怖かったので、思わずバットに手が触れてしまったので顔も見ないで殴っていました。後は何が何だか分からなくなってしまって」

「バットはもちろん右手ですよね」

「ハイ、右手です」

と言った。その時……。

今度は兄の洋一が、自分がやったと自首して来た。頭を冷やしてみないとわけが分からないが、取りあえずこの二人が犯人でない事だけは分かった。

犯人は左利きでなくてはならなかった。右耳下頭部を殴打されている事なので、左利きでなくてはならないのだ。考え込んだ末、一度白紙に戻して親子を家に返す事にした。後は、父親を左利きかどうかを調べてみようと、その日はそれで終わりにした。できる事なら今だけはこの事件に関わりたくなかった。

「山さん、帰りに一杯どうですか」

と誘うと、山倉も気をまぎらわしたかったのか、二人は連れ立って署を出た。飲んでいても、少しも酔わない。

「様子を見て行ってみるか」

山倉が言うと、花子が「どこへ」と言いながら、自分もあの一家の事が気になっていた。

「いいんですか」と言いながらも店を出る。

門が開いていたので、庭の方に回ってみる。

「何事もないようですね」

その時、横の方で音がした。

「何だろう」

花壇をみて二人はびっくりした。

「中ちゃん」

「ああ……、すみません」

「脅かさないでよ、どうしたの」

中西も、「なんか、気になって足が向いてしまった」のだという。

「じゃ、竹下君も？」

「いや、彼は当直で」

「ああ、そうか」

「こうなると、課長に連絡をしておいた方がいいのと違う？　中ちゃん、勝手に来たんだとしたら、職務規定違反で処罰もんですよ」

「大丈夫だから、お前は帰れ」

と言った時、家の中で何か、凄《すご》く大きな音がした。カーテン越しにのぞいてみると、なんと父親が暴れまくって、子供と母親を追い回しているではないか。慌てた三人はドアを叩いて無理やり中に入った。だが父親は、まだ暴れていた。しばらくは自分勝手に暴れてやっと落ち着いたところで、一応中西を帰した。署の方に戻った中西は、事の起こりを竹下に話したところ、

「課長も気にして帰ったので心配はいりませんよ。それに一人で接触したわけではないので、職務違反ではありませんよ。山さん達もいた事だし、あの一家の心配をしただけの事

ですよ」

中西も竹下と共に署に泊まってしまった。

翌朝、課長の指示で、父親の早川敏男を連行して来るように、と、山倉と花子が出掛けて行った。もう昨日のうちに父親の左利きは確認を終えてはいたが、もう一度改める事にして、署には母親も一緒に同行してもらう事になった。昨日の事で少しの興奮が残っていたが、お茶を出しながら、取調べ室では、ゆっくりと話し始めた。

「一年前くらいから急に暴力を振るうようになって。暴力といってもそんなにひどくはなく、いろいろと物を投げたり八ツ当たりをするくらいで終わってたんですけど、いつの頃かバットを持ったり置物を持って襲うようになって。あの日も私と子供二人が逃げ回っているうちに、急に保が立ち上がったので、主人の振ったバットが頭に当たってしまって死なせてしまいました。このままだと、みんなが駄目になると思い、私が運転をしてあそこへ保を置いて来ました」と、夫婦共に自白をした。

「部長に昇進してから始まったと言っていたが、プレッシャーに負けたのかなぁ……」

こんな事件の後はなんだか重苦しさだけが残る。山倉が、

「明日にも父親の精神鑑定をしてもらう事になった」

と伝えると、中西が、

「ちょっと待って下さい。何で精神鑑定なんですか。子供を殺して会社にも平気で行って仕事をしているんですよ。どこが異常なんですか。れっきとした殺人犯ですよ」

その時山倉が、

「中西、お前、頭がどうかしたのか、子供を殺して母親、兄までも容疑者にして、それで冷静に会社に行って仕事をして、家に帰れば暴力を振るいまくっている人間を、お前は冷静だと？　どうやったらそう見えるんだ。お前はいつから医者になった。人にはそれぞれいろいろな事情がある。俺達はその時あった事件に泣いたり怒ったりしながらひとつひとつ事件の解決をしていくんじゃなかったのか。何を一人でグダグダとほざく。お前もその頭の精神鑑定をしてもらって来い」

山倉の怒りはいつまでも収まらずにいた。竹下も、その一家に一番いい方法を考えたうえでの処置だと思った。少し落ち着いたのか、中西も、山倉に頭を下げた。どっちにしても事件は片付いてはみたが、みんなの元気がない。そこへ百合子が
「じゃあ……、じゃあ……、おめでとうございます」

とケーキを持って来た。

「あれ？　おめでとうって、何？　誰かの誕生日なの？」

「ハイ」

「誰の？」

「私のです」と、百合子が言って、

「皆さん、お疲れ様でした。どうぞ召し上がって下さい」

と分けてくれた。

「落ち込んでいるといつも元気づけてくれる百合ちゃんだが、自分の誕生日を自分でやるとはたいした大物だよ」

と、花子が言った時、

「いいえ、ケーキ代は頂きました」

「エッ誰に？」

「もちろん花子さんにです。預かった食事代から頂きました」

「エッ何で」

「だって、いつか、私の誕生日には大きな大きなケーキを買ってあげると約束しました」

「本当？」

「本当です。忘れちゃいましたか？」

後は知らん顔をしてはしゃいでいた。これも百合ちゃんなりの慰め方だろうと、花子は嬉しそうにケーキにパクついた。

その時電話が鳴った。

「護国寺で痴漢だ」

「う……？　痴漢って、あの触る痴漢の事ですか？　嫌ですよ、そんなそら恐ろしいところへは行きたくありません」

と、中西も知らん顔をした。

「被害者は地下鉄の駅長室に保護されているそうだ」

「護国寺で痴漢なんかやったら音羽の局《つぼね》に叱られるよ」

「いつまでも馬鹿言ってろ。叱られるのはお前だ……。行くのか、行かんのか、はっきりしろ」

「そりゃ行きますけど、何で女の尻なんか触るのかなぁ」

「課長、私のお尻、触ってみます？」

「手が腐るから、つべこべ言わずに早く行動をしてくれよ」

「じゃ、百合ちゃん行って来ます」

と、お尻をひとなぜ。

「ああ……痴漢ですよ」

「エッ？　どこ」

「花子さん、私のお尻触ったでしょう」

「嘘、中ちゃんじゃあるましいし」

「課長、女が、女のお尻を触っても痴漢ですか」

と聞くと、竹下が、

「それは成立しませんよ」

「じゃ、おかまは？　おかまは女には興味ありませんが、たまには両刀使いもいますよ」

「竹下君、何でそんなに詳しいの？」

ちっとも行動に移す様子がないのをみて、課長が軽く机を叩いて立ち上がったの見て、中西と花子が「行って来ます」と出て行った。

なんと派手派手でパンツ丸見え、これじゃどうぞ触って下さいといわんばかりの格好をしていた。男性の方はただ黙って座っていた。とにかく、ここじゃしょうがないし、署に連れて行けば大袈裟になるので護国寺の交番を借りる事にした。

「私もさっき、女の人にちょっと触ったら痴漢と叫ばれましたよ。こちらの方も、間違って触られたんじゃありませんか」

「いいえ、確かに触られました」

「これ以上、触ったの触らないのと繰り返してもしょうがないので中西君、男性を署に連れて行って先に調書を取って下さい、私達もすぐに行きます」

と二人を離す事にした。

「ところでお嬢さん、ちょっと立っていただけますか」

と花子が頼むと女はすっと立ち上がった。

「まぁ、可愛い。本当に可愛いですよね。お巡りさん。こんな可愛い子が側に来たら誰だって触りたくなりますよね。私なんか誰も触ってくれませんよ。私とこの子のどっちを触ります？」と尋ねながら、

「いつまでもこんな話をしても時間の無駄なので、本当にあなたが訴えるとおっしゃるなら、今から署の方に来ていただいてあれこれ、二、三日は掛かります。事情聴取や何かともろもろな事も聞く事になります。見ると男性も立派な大手会社の部長だそうですが、五

十二歳と言っておられましたが、もちろん家庭もお子さんもおられる事でしょう。あなた自身もその事を頭に入れておいて下さい。それから、これは私事なんですけどあの方、もしかしておかまかもしれませんよ」

するとと、交番のお巡りもびっくりして花子の顔を見た。

「私、そういう人の見る目があるんです。どう見ても、あの名前を書く時の小指が気になって」

ひとしきり話し終わって、「それじゃとにかく署に来て頂き本格的に調書を取りますのでどうぞ、ご一緒に」

と立ち上がった。すると、

「いいです。もういいです」

「エッ、どうしてですか」

「だからいいです」

「そう言われても……」

「私、忙しいんです」

「本当にいいんですか」

「ハイ、私の間違いかもしれませんから」

「分かりました。じゃ今までとったこの調書破ります。お嬢さん、ありがとうございました。どうぞ気を付けてお帰り下さい」

と丁重に送った。花子も交番にお礼を言って出ようとしたら、

「お疲れ様でした」

と言われた。ニッコリ笑って、

「あんなお尻丸見えに家庭崩壊じゃ困るからね」

頭を下げたら相手も敬礼をしていた。花子の電話で男性も署を立ち去っていた。

花子が昼ごはんだと、マクドナルドに一人座ってコーヒーを飲んでいると、いつの間にか百合子が側に来ていた。

「沖縄はお天気かしら」

「明日でしたかしら、先生が帰って来るのは」

「きっと、明後日だと思ったけど」

と言いながら、なんだかむしょうに立花に会いたい花子であった。

「いつまでもお昼をしていると課長の顔が鬼になりますよ」

「ああ、そうだね。つい忘れてたよ」

二人は笑っていた。

W…パンチ

「おはようございます。今日も元気で頑張りましょう」

声を掛けたが誰もいなかった。さやかじゃないけど、朝はみんなも忙しいんだから、何もしなくてもいいからせめて邪魔だけはするなと言われたのを思い出していたのか、そっと座った。

「花子さん」

「ハイ、あら百合ちゃんおはよう」

「あ、いいのよ、朝は忙しいんだから。お茶くらいいいですよ。どうかしましたか」

「エッ、何が」

「いいえ何でもありません。課長は今ここにいたんですが、みんなまだです。花子さんが課長の次で二番目ですよ」

ピースをした。いつも遅刻の花子は
「良かった」

とお茶を飲み込んだ。その時、交通課の人が飛び込んで来た。

「大変です」

「朝からどこも騒《さわ》がしい。何なんですか？」

「お宅の刑事さんが今、下で刺されました」

「エッ……？」

びっくり仰天して花子が階段を二段跳びで下りて行く。その後に、百合子も続いた。

「中ちゃん、どうしたの」

「今、救急車を呼びましたから」

「救急車なんか待っていないで、パトカーで。パトカーがあるでしょうが。いろいろ、護送車とか輸送車が」

「でも……」

「でもでもって、あのね」

と言っていたところに救急車が来た。

「急いで、急いで下さい」

「急いでいます」と、怒鳴られた。

「中ちゃん、しっかりして」

百合子と二人で救急車に乗り込んだ。

「百合ちゃん、ちょっと落ち着いてくれる、そんなにウロウロしてもどうにもならないから」と、座らせた。

「ああ、山さん」

「どうだ」

「今、手術中なので何も分かりません」

「そうか。じゃ、後を頼む」

「山さん、何かあったんですか」

「ウン。音羽の郵便局で強盗があった」

「山さん、ここにいて下さい。私が行きます」

「課長が署にいる」

「分かりました。百合ちゃん、あとお願い」

出て行きながら、まったくこんな時に、と一人で腹を立てていた。現場に着くと、

「ああ、花子さん、中西は？」

と先に聞かれた。わけを話すと安心した様子だったが、今は何も言えなかった。

「いつまでも郵便局を閉鎖しておくことはできませんので、いちおう署でお聞きする事にします。それで今、ビデオを用意してもらっていますが」

「分かった。私がもらって帰るので先にお連れして下さい」

課長と竹下が、取り調べ室で尋ねていた。

「満期になった、定期のお金を受け取って改めようとして手にしたら、突然すっと、本当に、すっと持っていかれたんです。始めは何が起きたか分からなかったんです。自分が下に落としたのかと思ったくらいに早かったんです。お巡りさん、何とかして下さい。私にとっては大事なお金なんです」

「お金は誰にとっても大事ですから」

と、変な慰さめ方をしていた。

「他に何か気がついた事はありませんか。お金を手元から取られる時、例えば手袋をしていたとか、何でもいいんです」

「そういえば、手にホクロがあったような」

「ホクロ？」

「親指のここの所にあったような…。あとは逃げる時の後ろ姿のうしろ頭が縛ってあったような気がしました。それだけです」

結構見ていたが、郵便局の人は誰も見てはいなかった。まるで怪人二十面相のようだと、竹下は一人心の中で呟く。

「分かりました。ビデオを見て調書に取り掛かりますので今日のところはお引き取り下さい」と、帰した。

物の事お金となると早く捕まえないとほとんどの場合は戻ってこないのだ。まずはビデオを見る事にしようとした時、百合子からの電話が入ったので、花子は思わず息を整えて聞いた。

「ああ、花子さん、中西さん手術が終わりました」

そう言った途端に出掛けようとした花子に課長が、オイと言おうとしたが、もうそこにはいなかった。竹下も、

「聞き込みに行って来ます」と言って、病院に来ていた。

「良かった。刺されたのが皮だけだったので六針縫っただけで済んだんですって。もう、心配して損をしたよ」

「それはないでしょう」

「それより中西君、誰かに恨まれている?」

「分かりませんよ。犯人を捕まえた時から、恨みは買っていますから……」

そこへ医者が入って来た。

「一週間もすれば、退院できますので、他に異常はありません」

「良かった良かった」

三人揃って椅子に座り込んでしまった。

「花子さん、ビデオどうしました?」

「それがね、あの、あのビデオに映っている容疑者、どこかで会ったような気がしたんだけど思い出せないの」

「会った事があるって、何ですかそれ」

「だから分からないって。竹下君の方は?」

「手掛かりなしです」

「じゃ、署に中西君の報告をしてもう一度、聞き込みに行こうか」

そこへ山倉が入って来た。

「その聞き込みは俺が行く。花子君は、中西の事情聴取をしてくれ」

「ああ、忘れてた。中西君の方もあった」

「それでは聞きますが、犯人の顔は見たんですか?」

「ハイ、見ました」

「何かおかしいなぁ……。では似顔絵をこしらえなくては。電話で呼ぼう」

「あの……、私が書いてもいいですか」

と百合子が言った。

「エッ百合子ちゃん、似顔絵書けるの?」

「子供の頃、母の顔を書いてほめられました」

「凄い才能だ。すぐ鉛筆と紙を借りてくるからお願いします。まずは特徴を言って下さい」

「顔は面長、鼻は高い、眉毛は太め、髪はボッチャン刈り」

「エーッ。ボッチャン刈りってどういう髪型ですか」

「どういうって言われても」

「ああ、俺みたいな髪」

「中西君が坊ちゃん、冗談でしょう」

と花子がからかった。

「だから、髪型の事ですよ。もう、やりにくいなぁ」

その時、竹下が声を出した。

「あれ、竹ちゃんいたの？　山さんと一緒に行ったのかと思ったよ」

「ここが終ったら、花子さんと一緒に回れって、それよりこの顔、どこかで見たような……。どこだっけな……」

「やめてくれる、真似するの。確かにどこかで……」

「ああ、光和印刷だ」

「光和印刷？」

「そうだ、和子さんと話をしていた男に似ている」と言った時、「ああ」と、今度は中西が叫んだ。

「やめて下さい。みんなであーだのこーだの」

と百合子が言うと、

「俺、忘れてた。その光和印刷の和子さんという人から言付《ことづ》けを頼まれたんだ。田舎のお父さんが倒れたので約束の場所に行けないと。忙しくて忘れていた。竹下ごめん、悪かった」

「それで来なかったんだ。何だか頭がおかしくなりそうだ」

「かわるがわるしりとりじゃあるまいし、もう呆れるばかり。だから中西君、間違えられたのよ」

「エッ、誰に?」

「もちろん竹下君に」

「俺が竹下に?」

「そう、中西君が和子さんという女性と話をしているところを見て、和子さんを好きなその男が中西君と竹下君を勘違いをした」

「嘘だろう」

と中西が言った。

「間違いない。だから、その和子さんという人に聞けば男の身元が分かると思う」

竹下が、「行って来ます」と、出ていった。

「百合ちゃん、お酒買って来てくれよ。せめて飲まなくちゃ頭の整理がつかない」

「ダメです」

「じゃどこか、居酒屋でも行って、パァーッとやりましょう。黙っていれば分かりませんから」

「ビックリ箱じゃあるまいし、次から次と。いいから中西君、今日は眠り薬を飲んで、ぐっすり寝て下さい。百合ちゃんも気を付けて帰ってね」

と言って出て行った。署で山倉と合流した花子は、ちょうど良かったとばかりに、

「課長、今日三人で飲みに行きませんか？　行きつけの居酒屋があるんですけど」

と誘った。

「こんな時に、何か言ったか？　中西は入院、竹下は聞き込み、俺達が遊んでどうする」

「これは仕事ですけど……」

「仕事？」

「ハイ。犯人を割り出す仕事です」

山倉も、花子の言ってる意味が分からなかった。

「とにかく仕事ですから」と、しつこい。

「分かったから行って来い」

「ハイ」と手を出した。

「仕事ですから」

「それで俺を誘ったのか？　領収書をもらって来い」と言われてニッコリ。

「もう一度ビデオを見てから」

と言ったところへ竹下が戻って来た。

「どうした」

「彼女は休みで何も分かりませんでした」

「よし、今日は山さんと一緒に行って明日もう一度当たれ。こっちは俺がやる」

と、課長も頭が混乱しているのか、当直の竹下まで一緒に行かせてしまった。

「あの、お酒下さい。それに焼き鳥も」

「飲みに来たんじゃないだろうが」

「嘘でしょう。飲まなくちゃ疑われますよ」

竹下も連られて、「焼き魚」

「竹ちゃん、今日は捜査も兼ねているのだから、飲み代タダじゃ」と頼む事頼む事。

「山さん、カウンターの男、ビデオの男に似ていませんか」

「ウン、似ているなぁ」

「似ているじゃなくて、そっくりですよ。間違いありません。あとは手にホクロがあれば」

と言っていたら、一人の女性が入って来たのを見て、竹下が驚いて花子さんと目で合図をしたので見てみると、何とお金を取られた被害者の女性だった。店の奥さんが、

「あら、上村さん」と、声をかけた。

「この間頼まれた物が出来上がったので、早い方がいいと思って」

「ありがとう。急がしてごめんなさいね」

店の外に送ったのを見て、花子が、

「あの、すみませんが、今帰った方、どこかで見たような気がしたんですが、名前を忘れてしまったので声を掛けるのは失礼かと思って……」

「あー、この裏の上村さんですよ。私も前は痩せていたんですけどこのごろ太ってしまって。着られなくなった洋服を直してもらっているんですよ」

「そうですか、人違いかも知れません。ありがとうございました」

と、お酒を追加した。

「変な形でつながりました」

竹下は竹下でカウンターへ行き、

「水を一杯もらえますか」

コップを出した。ハイ、と手渡してくれた。右手にホクロがあった。

「どうしますか」と竹下が聞く。

「どうするって、飲むんですよ。だって、こんな所で捕まえるわけにはいかないでしょう。大勢の人も居るし、包丁だって側にあるし、もしかしてお客さんに怪我でもさせたら大変だよ。今はここまでで後は張り込みましょう」

「いや、今日はいい。こちらの素性が知れていないので逃げられる事もない、大丈夫だ」

二人とも、いい加減酔っている。このまま張り込んでも役に立たないどころか容疑者を逃がした上に怪我でもされたらそれこそ大変だと思い店を出た。それぞれに帰して気がつくと、自分もかなり酔っていたのだ。

「ただいま」と言ったが答えがない。

ああそうか、さやかお婆ちゃんのところへ行ったか。この頃少し嫌われているみたいだ。秀才は明日帰って来るのか。会いたいなぁ、あの人にと言いながら眠りについた。

翌朝慌てて入って行くと、

「さやかちゃんいないんですか」と聞かれた。

「どうして分かったの」

「だって遅刻するから」

「百合ちゃん、まるでさやかみたい」と言いながら、

「山さん、出掛けますよ」と声を掛けた。

「何で引っ張ります?」

「直接強盗容疑でいこうか」

「その方が落ちやすいですね。名前何だっけ」

「聞いたんじゃなかったのか」

「聞いたけど忘れちゃった」

「忘れただと」

「ちょっと待って下さい。今、思い出しますから。エーと、野……野……野田三男だ」

「本当か」

「たぶん」と言うと、

「たぶんじゃ駄目だろうが、いつまでふざけるつもりだ」

「大丈夫です、行きましょう」

「ごめん下さい」

と入って行った。家の人には前もって話しておいたので、二階を指差してくれた。扉を開けるなり、

「野田三男、強盗容疑で逮捕する」

突然逃げだしたのを見て足を掛けたら運良く転《ころ》んでくれた。慌てて手錠を掛ける。

「お見事、山さん。力のない分だけ頭がよく働きますね」

「何か言ったか」

「いいえ、何も」

そこへ竹下が現れた。

「そちらはどうした、彼女には会えたの？」

と花子が聞く。

「ハイ、会って話を聞けました。杉田二郎、入社四年目で五ヶ月前くらいから言い寄られて、断っても断っても付きまとわれて、半ストーカー並みだったそうです。住まいは大塚でまだ休んでいて明日には出て来ます」

と報告をした。それからまもなく野田の取り調べが始まった。

「お金が入るのを何で知った？　隠してもダメだ。お前の顔や姿は防犯カメラに、お金を奪うところ、その右手のホクロまでもがしっかり映っている」

それを聞いて諦めたのか話しだした。

「何日か前に店の奥さんと立ち話をしているのを聞いて、借金があって催促されて、困ってやった」と自供をした。

「お金に困ってって、私だってお金には困ってるわ。だからって人の稼いだ金を狙わないで自分で働けよ、まったく腹が立つ。七十万も使ってからに……」

「まぁ、ないよりはいいとしなくては」

「あれ、山さんお金ないんですか」

「ウン」

「だって今の言い方だと……」

「ああ、そうだ花子君、二、三千万くらい貸してくれないか」

「あら山さん、二、三千万なんて遠慮しないで一億くらいならいつでも使って下さい」

と、一枚上手だった。

「つい花子の性格を忘れるところだった」

「それより山さん、被害者には何と言えばいいですかね。百万が三十万じゃ、ないよりいいとはいいにくいですよ」

「それは俺が説明するからお前は早く調書を出せ。明日一番で本庁へ送るぞ」

課長もひとつの事件の解決に気を良くしていた。そこへ山倉がお茶を持って来た。

「あら、百合ちゃんは？」

「病院へ行った」

「ああ、中ちゃんのところね。言ってくれれば私が入れますよ」

「おっと、とんでもない。お茶一杯飲むのに百遍《ひゃっぺん》の文句を聞いてからではのどがひやってしまうからなぁ……」

「まぁ、たまには」

竹下までもが飴玉を出した。

「何だかみんな、百合ちゃんみたい」

竹下が、「百合子です」と笑わせた。と言っても三人しかいないのだ。

「小腹が空いたので何か買って来ます」

と竹下が出掛け際に窓の外を見ながら、

「明日もきっといいお天気でしょうね」

とわけの分からない事を言って出ていった。

「課長、手が空いたので病院へ行ってもいいでしょうか」

「仕事が終われば俺は関知しない」と言ってくれた。

「竹下君も行く?」

「俺はちょっと……」

「もしかしてデートですか?」

「違いますよ、帰りに寄ります」

「そう」

「明日一番で杉田のところに行きます」と言って、

「早く明日になーぁれ」と違った意味で花子なりに待っていた。

翌朝、「おはようございます」と花子が入って行くと、

「ハイ、お茶です」といつもの通りだった。

「百合ちゃんの入れるお茶が一番。なんたって朝茶は一里戻っても飲んでいけと言うくらいですからね」

「エーッ、本当ですか？　あれ、違ったっけ。聞いた事ありません」

と世代の違いをあっさりと語った。その時入って来た竹下に、

「十時になったら出かけよう」と声をかけると、

「待って下さい。電話が入る事になっております」

「なるほど、それは助かる」

と座り直した。かれこれ、一、二時間待ったが一向に連絡がない。今日も休みなのか、それとも気付かれたか、と思ったところへ電話が鳴った。

「おー、中西、身体は大丈夫か」

と言いながら話し込んでいる。心配してかけて来たんだろう。続いて受けた電話で
「ありがとう」と言って切った。

「今日は遅番で一時からの勤務で今来たところだそうです」

「よし行くか」と言うと課長が、

「あくまでも任意同行だぞ。先方で騒ぎを起こすと後が面倒だぞ」

「分かりました」

山倉と花子が出ようとした後を竹下も続いた。その時、

「竹下、お前は待機だ」

「エーッ、でも課長」

「聞こえたのか、何度も言わすな」

「何の事はない、留守番ですか」とむくれていたが、

「彼女と竹下の為の配慮だと思い、課長が段々と神様に見えて来るよ」

といつもながら大袈裟な花子である。

「杉田さん、警察の者ですがちょっとお聞きしたい事がありますので署までご同行願えますか」

そう言うと、しばらくは大人しく付いて来たが、途中で逃げ出した。

「杉田、逃げるな。お前に刺された刑事は軽傷でピンピンしている」

急に止まったところを二人で挟みうちにした。大胆にも警察の前で起こした事件なのに、

幸か不幸かニュースにもならず、新聞にも出なかった。

「凄くラッキーな事だ。いつまでもここにいたら、大騒ぎになる。黙って出頭すれば騒ぎにならずにすぐ終わりになるがどうする？」

黙って手を出したのを見て、課長の言う通りに急ぎ立ち去った。さすがに山倉の言う事は凄いと、花子は尊敬しまくり状態だったが、風車のように一分もしないうちに言っている事がくるくる変わるので、山倉も気にしてはいられなかった。取り調べは花子があたった。竹下は中西のところへ報告に行かされていた。

「会社で何度か見かけてから好きになり、交際をしてくれるよう頼んだが、断られても思いきる事ができずにいたら、偶然彼女と話をしているのを見てカーッとなって刺してしまった」

「ナイフは何時も持ち歩いているんですか」

「あれは、本を縛って来たひもや縄を切るためで、小さいのでポケットに入れてありました。本当は持ち歩きはダメなんです」と、全面自供をした。

「まったく、好きと言っちゃ恨み、嫌いと言っちゃ恨み、どうなってるこの世の中」と騒ぎ立て、

「もしもよ、私が山さんの事が好きで、山さんがたとえ嫌だと言っても狙ったりしません」

「花子さん、言ってる事のまとが少しズレていますが、大丈夫です。山さんは花子さんの事、大好きですから、今すぐにでもお嫁さんにしてくれますよ」

と言うと、山倉が慌てて、

「百合子君、誤解されるような事を言うな」

課長がいきなり、

「ああ、もううるさい！　好きだの嫌いだのと言うな。聞きたくもない。山さん、東大寺でよかったら嫁にもらってやれ、その代わり後が大変だけどな」

と言いながら、「署長室へ行って来る、静かにしろ」

「何もそんな言い方しなくてもいいでしょうが……」とムッとする。

「百合ちゃん、中西君のところに報告に行こうか」

「あの、竹下さんが行っています」

「竹下君は竹下君、私達は私達」

変な理屈を付ければつけるものだと山倉も呆れていた。

「私、牡丹餅買って来ます」

「エッ、牡丹餅?」

と今度は反対に花子が聞いた。

「美味しいおはぎを見付けました。お婆ちゃんの牡丹餅とはちょっと違いますけど」

と、百合子は少しテンポの遅いお嬢さんで、そこがまた可愛いところでもある。中西の喜ぶ顔も久々であった。

「百合ちゃん送っていくよ」

「いいです、花子さん、今日先生が帰って来ているんですよね。行かないんですか」

「もう遅いから明日にするよ」

「いいじゃないですか遅くたって、明日はまた忙しくなって行けなくなるかもしれませんよ。もしかしておみやげもあるかもしれませんから、行った方がいいと思います」

「そうか、じゃ、百合ちゃんを送ってからにする。早くのって」

迷いに迷ってやっぱり明日にしようと家に帰った。

「ママ、大変」

「何が、さやかはいつも大変ばっかりね」

「しょうがないよママの子だから。あのね、先生が」

「エッ、来たの？」

「違うよ」

「だから何なのよ、はっきりしなさいよ、もう寝るよ」

「先生が今日帰って来るってママ言ったから電話したの。そうしたら先生、沖縄へ行ってないって。今頃学会は」

「何言って、さやか何言ってるの？　落ち着いて話しなさい。何がどうしたって」

「だから、嘘つかれたのよ」

「何で嘘つくわけ？」

「ママの事が嫌いになったんじゃない？　さやかの事もね。だから嘘言った」

花子は頭の中がまっ白になって嫌になったので、嘘つかれたと、さやかの言った通りの事を真似た。一睡もせずに夜が明けた。ご飯も食べずに家を出て、署まではなんとかたどりついたがボーッとしていた。

百合子が無言のままお茶を出した。何かいい事があってポッとしているのだと勘違いをしていたのだ。

「杉田の調書はできているのか、あと一時間で署を出るぞ」

と声を掛けた。山倉が竹下にできていると手渡しながら聞いた。

「あいつ、どうかしたのか」

「さぁ……」

確かにいつもと様子が違っている。

「花子さん、今日帰りに秘密の場所で一杯やりましょう。少し早いとは思ったんですけどちょっと心配で……。何かありました？」

わけを話し始めたが途中で百合子が、

「なんだぁ」と言った。

「心配いりませんよ。花子さん、先生がそんな人じゃないという事は花子さんが一番知っているはずでしょう。きっと何かわけがありますよ。わけも聞かずに嘘って疑っていると後悔しますよ。それに先生に失礼ですからすぐに行ってわけを聞いて来て下さい。途中まで私が送って行きますから」と、元気付けた。

「何だか百合ちゃんたくましい」

「私もみんなにもまれましたから、おかげ様でストーカーだってもう怖くありませんから、早く行って来て下さい。そうしないと仕事も手につきませんよ」

「じゃ、行って来る」

張り切って歩き出して行ったが、百合子は何だか嫌な予感がして、胸を押さえていた。

優しい嘘

「ハイ、警察です。エッ、酔っ払いですか」

と本郷北署では変な電話をとっていた。

「ハイ、道路の近くで寝ていたので危ないから取りあえず連れて来ましたが、警察の前に置いて行きます。何を言っているのか分からず僕も急いでいるので」

と電話を切った。不思議に思って外に出てみると、何と、女性が寝かされていた。寝かされているのではなく酔っ払っているのだ。中に入れたものの、何だかしっちゃかめっちゃかでわけがわからないと応援を頼みに来た。

「長さん、すみません。この通りなんです。私には手が終えません」

と、婦警が困り果てていた。

「お願いします。他にも仕事がたくさんあるので」

と置いて行った。

「仕事なら俺達にだってあるよ」

と言ったが、もうそこにはいなかった。女性なので小部屋に入れたが、

「女の酔っ払いは始末が悪いですよ」と言うと、

「困ったもんだ」と相槌《あいづち》を打った。

すると、

「何か言った？」

と起き上がった。始末が悪いとか何とか、しっかり聞かれている。慌てて、

「だいぶ酔っていますね」と声を掛ける。

「ちょっとだけです」

「どこがちょっとだけだよ」と一人の刑事が言った。

「どこから来ましたか」

「あっちから」

「お住まいはどこですか」

「お住まい？　ああー、家はない。ここに泊めて下さい」

「今日は泊まって頂きます。なんでそんなになるまで飲んだんですか？」

「お巡りさん、私は今日仕事、休みなんです。それで飲んだんですけどちっとも酔わなくて」

「充分酔っていますよ」

「それが何か罪になります？」

「いや、そういう事ではないですが」

「例えば酔っ払い法違反とか、口答え法違反とか、その他モロモロ法とか……」

一人の刑事が笑った。

「面白いですね」

「笑うな」

と言いながら自分も笑っていた。

「ラーメン食べたい、お腹すいたよ。山さん呼んで下さい」

「旦那さんですか？　山さんと言う人は……」

「旦那さん、いいえ主人です。朝は朝の星、夜は夜星、昼は梅干し食べてああすっぱいも成功のうちって知ってます？　うちの山さん失敗すると鬼になるんです」

「何なんですかね、落語家みたいによく喋りますね。もしかして芸人じゃないんですか」

「ハイ、自己紹介ですか。軒下《のき》三寸借り受けましての仁義、失礼さんにござんす」

「また始まった」

「私、ただ今酔っております。どうしても飲まなければならない事がこの身に起きまして、こちら様には大変ご迷惑をお掛けいたしまして、ご無礼をいたします」

と言って大声で泣き出した。これにはさすがの長さんも困り果てた。

「分かった、分かった。よっぽど辛い事があったんだよね」

と言うと頷《うなず》く花子。

「水です」と持って来たが、

「お茶がいい」と我がままを言う。

「ああお茶ねー、ハイハイ」

もう言いなりになっている二人。

「あのね、うちの百合ちゃんの入れるお茶は世界一美味しんだよ。今度二人で飲みにおいでよ」と誘っていた。

「伺いますのでご住所を教えていただけますか」と言いながら、

「ちょっと、バックの中を見せてもらってもいいですか。身分を証明する物を見つけますからね」

そう言って、振り返るともう寝ていた。それでも黙って開けるわけにはいかないので、「開けます」と言いながら、ハンカチ、口紅……、意外とあっさりしている。それに手帳と……。出してみて驚いた。

「長さん、長さん」と、吃《ども》り気味。

「これ、これを見て下さい。警察手帳ですよ」

「何？　警察手帳？」と手に取った。

「盗んだんですかね」

「どこで」

「さぁ、それは分かりません」

と言いながら開いてみると、

「大塚警察南署刑事、東大寺花子、おいおい刑事だよ」

「それも、女刑事ですか」

「驚いたなぁ……」

「ハイ、驚きました」

「東大寺さん、東大寺さん」

呼ばれてうつろな目で起き上がる。

「東大寺さん」と、もう一度呼んだ。

「あれ、何で私の名前知っているんですか。お巡りさん、もしかして私の名前盗んだでしょう。泥棒」と言われて、怒る気もなく笑っていた。

「今、山さんがこちらに向かっていますから、すぐ来ますからね」

「あら大変、うちの山さん口うるさくて、一から十まで文句ばかりで頭が痛いよ。もし来たらいない、と言って下さい」

と言ってまた寝てしまった。

「よく見ると可愛いくて、山口智子に似ていますね」

「山口智子?」

「俺、ファンなんですよ」

この男もまったく惚れっぽい。

「それにしても、今時こんな刑事がいるんですかね。映画だけだと思っていましたよ。でもこんなんで役に立つんですかね」

「口に気をつけろ」

とこちらでも似たような事を言われていた。

疲れ果ててびくりともしなくなったのを見て、取りあえず迎えが来るまでこのまま寝かせておく事にした。しばらくすると案内されて、山倉が入って来た。相手方を見るなり歩み寄って、

「山倉です。この度は大変ご迷惑をお掛けいたしましまして本当に申し訳ありません」

と、丁寧に挨拶をした。

「まぁまぁどうぞ」と言ってお茶を出す。

「今、いい気持ちで眠っておられますから」

「いや、びっくりしました。本当にお心遣い、感謝します」

と、またまた頭を下げた。

「もう、そんなに結構ですから……。それにしても、あんなになるまで飲むのは、よっぽどの事があったのでは?」

と思いやってくれた。小部屋に案内されて、

「東大寺さん、山さんがお迎えに来られましたよ」

と、起こしてくれた。びっくりして顔を見るなり、

「山さん」と人目も構わず抱きつきながら泣き出したのを見て、

「よっぽど信頼している上司なんだ」

と言いながら、二人はそっと扉をしめて出て行った。

「どうだ、少しは酔いは覚めたか」

だが、まだ頭がポーッとしていた。

「お前、一升も飲んだのか」

「そう言えば、いつか、ここに来た事があったたっけなぁ……」

「どうした、何かあったか」

と聞いたが答えが返って来なかった。しばらくは、動く気配さえみせない。酔いから冷めれば冷めるほど黙りこんでしまう。これは朝までここに居る事になるかもしれないぞ、と一人覚悟を決めていた。その時突然、

「癌《がん》だって」と言ったので山倉が驚いて花子の顔を見た。

「花子」

「立花先生が癌だって。山さんどうしよう」

とまた泣き出した。

何も言わずにしばらくは二人とも黙っていた。ひとしきり泣いてから、落ち着いたのか、

「山さん、ごめんなさい」

「まぁいいさ、心配するな」

とは言ったが、どうしてやる事もできずにいた。花子がポツリポツリと話しだしたが辛そうだった。それでも話をしたほうがいくらか楽になるだろうと思って黙って話を聞いていた。

「わけも言わずにもう会いたくないって言ったの。沖縄で学会があるって言って、検査入院をして、それで癌が分かったんだって。心配掛けたくなかったって。それなのに私は気付いてもやれずにそれどころか嘘つきよばわりをしてなじったの。ひどい女」

「東大寺、目をつぶれ。そして落ち着け。今時癌なんて珍しくもない病気だ。早目に見つければ手術で一〇〇％治るそうだ。お前がしっかりしないでどうする。泣き事なんか言ってる場合か。しゃきっと前を向いて歩け。泣きながら仕事はできんぞ。さやか君もいるんだぞ。俺でいいならいつでも話せ。何度も言うようだが、仕事を手を抜くのだけはダメだ。

みんなの命がかかっている。それができないのなら、警察手帳をすぐ返せ。その事を頭に叩き込んで明日からの仕事をしろ」

と言われた。

「それに、泣きたいのは先生の方じゃないのか。元気づけて早く良くなってもらわなくては困るだろうが」

すっかり酔いも冷めていた。

「山さん、仕事は明日からっていいましたよね」

「ウーン?」

「じゃ、これから一杯飲んで元気付けをしましょう」

「お前はまだ飲む気でいるのか。それに今、いったい何時だと思っている。とっくに明日になっている。このまま署に戻った方が早いくらいだ。それじゃ俺がたまらん。ひと寝してから行く。お前は少し遅くなってもいいぞ」

「いいえ、大丈夫です」

「じゃ、その大丈夫で行ってくれ」

と言った後、安心したのか急に疲れが出てやっと車に乗った。

花子は何事もなく仕事に出て来た。

「おはようございます」

「あー、山さんは?」

「あら、今、ここにいましたが、そうだお腹空いたと言っていましたから朝マックですよ」

「山さん仕事ですよ」

「おおー、元気か」

「ハイ」

としっかり答えたが、昨日の礼は言わなかった。山倉もそのつもりでいた。

「コーヒーでも飲め、仕事はそれからだ」

山倉が署に戻るなり、

「中西、昨日の茗荷谷の行き倒れはどうした」

「エッ…。いつあったんですか、そんな事件」

と花子が聞くと、

「事件じゃありませんよ。ただの酔っ払いです。帰る途中の通報で病院へ連れて行きましたが、何でも近所の居酒屋で喧嘩になり殴られたそうです。自分も悪かったと言っているので病院から連絡を取って家の人が迎えに来たので話をして帰しました。それで一件落着です」

その時電話が、

「ハイ、刑事課…。エッ泥棒ですか」

「まるで泥棒の大安売りだ。早く行かないと、売り切れになるよ、中ちゃん行くよ」

と花子が声を掛けた。

「山さん、もしかしてお友達じゃないでしょうね。会ってみてびっくりだったりして……」

「いいからさっさと行け。逃げられるぞ」

と言われ、出ようとした時、

「東大寺、お前は山さんと一緒に本部へ行ってくれ」

「エーッ。本部って、本庁、それとも県庁？　どちらも嫌ですけど……」

「本庁だ。県庁なんてどこにある。もっと勉強しろ。馬鹿もんが」

「だいいち、何しに行くんですか？　あんな所へ……」

「行けば分かる」

中西も足を止めて聞いていた。

「中西、お前何やってる。泥棒を逃がす気か。竹下も一緒に迅速に行動をしろ」

と言われて、忘れていたかのように出て行った。花子はまだ、ごねていた。

「課長、本庁へ行ったら今日は帰って来れませんよ」

山倉は何を言うのかと聞いていた。何しろ花子が元気を取り戻した事が嬉しかった。

「あそこへ入った途端に迷子になり、もしも間違って人の部屋に入ったものならたちまちスパイとみなされて、事情聴取されて、間違うたびに、事情聴取で、玄関に着いた時は明日になってしまいますけど、それでもよければ行きますけど……」

課長もいい加減聞いてから、

「言う事はそれだけか、今度は俺が言う」

課長が部下と戦ってどうする、と山倉は思った。

「もしも迷子になったら、一家総出で探し出して地下の牢に放り込んでやるから、わけの分からん事を言ってないで早く行け。山さんもいい加減にして早く連れて行ってくれ。相手を待たせる事になるぞ」

と、とばっちりが来た。

「山さん、何で本庁へ」

「この間の誘拐事件の……」

「エッ、まさかお婆ちゃん、また誘拐されたとか」

「お前は人の話を聞く気があるのか。お金の受け渡しの事らしい」

「受け渡しって、お金まだ渡してないんですか。二ヶ月もたっているのに」

「あの夫婦が海外へ行ったり来たりで、落としたのがお婆ちゃんで届けたのが息子で、取りに行くのがこれがまたお婆ちゃん、とややこしい。一家全員が揃ったうえで、そしてそれに関わった人、つまり俺達だ。そうでなければお金は戻らんそうだ」

「だってあの時、時任さんが本庁でやるって」

「普通の落とし物と違って家族がらみなので、それで最後は全員集合となる。護国寺の交番も呼ばれているようだ」

「あのお巡りさんも」

「自分のお金でも大金となると、受け取るには一、二年かかる時もある」

「山さん凄く詳しいですね。もしかして、官庁にいた事があるんじゃないでしょうね」

「からかうな」

「それでお婆ちゃんも来ているんですか」

その時、後から時任が挨拶をした。

「やぁ、お久し振りです。さぁどうぞどうぞ」

と応接間に通されたがところがまた、

「凄い所で迷子になりそうだ」と大袈裟。そこへお茶が出された。

「百合子さんの入れるお茶とはちょっと違いますが…」と覚えている。

「さすがエリート」と、関係のない事を言っていた。

「もう少しお待ちいただけますでしょうか。ただ今息子さんが学校からこちらに向かっておりますので」

と、係の人が伝えに来てくれた。

「あのお婆ちゃんはお元気でしょうか」

と尋ねると、

「僕も何回かお会いしましたが、それがなかなかお孫さんと二人で悪巧《わるだく》みを考えて、海外へ行くと言っては行かず、行かないと言っては突然出掛けたりで、お金の受け渡しもこの通りです」

「結構楽しんでいるようです」

花子達も久々の語らいですべてが終わって、時任達が食事に誘ってくれたが、もしも承諾をしたものなら課長の怒りが目に見えたので丁重に辞退をしてから署に戻って来た。

「あれ、課長は？」

「今、取り調べ室です」

「誰か捕まったの？」

「泥棒です」と、百合子が言った。

「あの山さんのお友達の？」

「お前、俺に何か恨みでもあるのか」

「いいえ、恩があっても恨みなどありません。ああ百合ちゃん、これ時任さんから」

お茶のお礼だと、お土産を持たせてくれたのだった。

「それにあそこのお茶まずいまずい」

「東大寺、課長と代われ」

と怒鳴られた。元気になったらなったで腹がたつ事が多い。そうこうしているうちに事情聴取も終わっていた。

「それにしても驚きだよ。留守の家を狙って引っ越しに見せかけて家の物を盗んでいくそうです。テレビ、冷蔵庫、自転車、電気製品その他諸々……。なかには家だけ残してごっそり盗みだす泥棒もいるそうです」

「しかし、大胆不敵な事を考えるもんだ」

「今、流行《はや》っているそうです。旅行から帰って来たら家の中が空っぽという被害者の訴えが続出だそうです。今回は、近所の主婦が普通なら引っ越しは少なくても二、三人でやるのに、一人でやっているのを見ておかしいと思って通報をして、あえなく御用。その主婦には感謝状が贈られる事となりました」

「まるで、主婦探偵ドラマだ」

「中西君の家は大丈夫？　帰ったら家の中空っぽなんて、ああ、初めから何もないか」

からかわれても怒る気もないいつもの行事だ。

「それより山さん、本庁は何だったんですか」

と聞くと、花子が横から
「ああ、聞かない方がいい。あんまりバカバカしくて、ムカツクだけだよ。その代わり、

「二、三年たったら教えるから」

それ以上話したくないようだ。

「課長、十分前ですけど帰ってもいいでしょうか」

「お前、今日は六時までじゃなかったのか」

「冗談でしょう。行きたくもない所へ行かされて、おまけに昼休みだって抜きですよ、時間外勤務をつけておいて下さいよ」

「今度は脅迫か」

「分かりました。十分風に当たってきます」と出て行った。

「外が雨だっていう事を知っているのか、あいつは」

花子じゃないけれど、本庁から帰って山倉も少し疲れが出た。

「あと十分か」と同じ事を言っていた。

翌朝、「おはよう」

と花子が入って来た。

「あれ課長は?」

「風邪気味で、病院へ寄ってから来ると連絡がありました」

「おやまぁ……、鬼の撹乱《かくらん》だ。山さんは?」

「花子さん、もしかして順番に全員聞くつもりですか。どうかしたんですか」

「百合ちゃん、今日何曜日?」

「土曜日ですけど…」

「何月の土曜日? あんまり忙しくて忘れてしまったよ」

「ハイ、お茶です」

「ありがとう」

「苦い、何これ?」

「薬草です」

「薬草?」

「中西さんが胃が痛いと言うので家から持って来て煎《せん》じたんです」

「その匂いか。でも私は普通のお茶がいい」

「これしかありません」

「嘘。あーそう」

「中ちゃんオンリー」

馬鹿馬鹿しいと言いながら、結婚しようよとハミングをしていた。

「あら、山さんお帰りなさい」

と言うと、竹下が笑った。

「トイレから帰ってもお帰りなさいね」

「山さん、トイレに行っていたんですか」

「悪いか」

「バカバカしい」

と言いながら出て行こうとした。

「どこへ行くんですか、行き先を言ってから出て行って下さい。探すのが大変ですから」

「ハイ。トイレに行って来ます」と言うと今度は百合子が
「バカバカしい」と言った。

その時、電話が鳴った。

「子供が屋上から落ちた」

という。もうみんなは下に下りていた。

「山さん、早くして下さいよ。本当にもう、動きが鈍いんだから」

「聞こえたのか、うるさい早く乗れ」

「山さんが乗らなければ車は動きませんから早く乗って下さい」

「それでどこへ行くんですか」

「さぁ…。山さんの電話中に下に下りて来たので分かりません」

「乗っていれば、連れて行ってくれますよ」

「それもそうですね」と、まあ無責任。

しばらくして戻って来て、

「大掛かりで出掛けたのに」と、帰るなり怒り狂っていた。

「何であんな遊びをするかな……。七歳にもなって、学校はどうした。親は何をしてる。いくら二階からとはいえ、一歩間違えば命はないぞ」と中西も怒っていた。

「スタントマンか何か知らんが映画の見すぎだ。あんな小さな浮き袋の上に落ちるなんて。あのガキ、自分の子供なら引っぱたいてやる。もっといい遊びはないのか」

「今は歌手か女優になりたいと言う子が大勢いるんですよ。中でもスタントマンはその一歩でもあるそうです」

お茶を出しながら百合子が言った。

「ああ、スターなら私もなりたい」と、馬鹿丸出しの花子。

ああそうだ、そろそろさやかが立花のお見舞いに出掛けている頃だ、と思いながら、

「百合ちゃん、おやつ何かない？　お腹すいた」

とおねだりをしていた。

一方病院では。

「先生」

「おお、さやかちゃん。よく来たね、待っていたよ」

「先生、待っていたの？」

「待っていた待っていた」

「ケーキを食べに行こうか」

「ケーキならさやか買って来たよ。ママも、後から来るって、でもあてにならないよ」

「そうだね」と笑った。

「あの、先生」

「ウン」

「ママが変な事を言うのよ」

「変な事？　何かな。本当に変な事なら先生が怒ってやるからね」

「でも、怒らなくてもいいよ。さやか嫌じゃないから」

「エッそうなのか」と、不思議そうにした。

「じゃ、聞いてみようか」

「あのね、先生がさやかのパパならいいねって……」

立花は急に胸がキューッと痛くなって胸を押さえていた。

「先生、大丈夫？　胸痛いの？」

「いや、大丈夫だよ。それは嬉しいなぁ」

「本当？　本当に嬉しい？」と聞き返す。

「これ、お守り。私が護国寺へ行ってもらって来たの。病気が早く治りますようにって、お願いもして来たよ」

「ありがとう、早く治るように約束をするよ」

「じゃ、拳万《げんまん》指切った」

まるで側《はた》から見れば親子である。

「ママ、帰っていたの」

「今、たった今よ」

と言い訳をしていた。

「お守り置いて来たんでしょう」

「先生、大丈夫だって、また来てって。ママ、明日、一緒に行こうよ」

「そうね、じゃ行くか。でも仕事があるから夕方に行くね」

「明日も仕事なの?」

「ちょっとだけね……」

一瞬、暗い翳が胸を覆った。しかしすぐに笑顔を取り戻した。

「さやか、立花先生のところにお赤飯を作って持っていこうか!」

「ウン、さやかも手伝うね」とはしゃいでいた。

【 著者プロフィール 】

多田 すみ江（ただ すみえ）

北海道札幌市出身
昭和49年 東大分院勤務
平成13年 退職

大塚警察南署 東大寺花子事件簿

2001年11月15日　初版第1刷発行

著　者　　多田 すみ江
発行者　　瓜谷 綱延
発行所　　株式会社　文芸社
〒112-0004　東京都文京区後楽2-23-12
電話　03-3814-1177（代表）
　　　03-3814-2455（営業）
振替　00190-8-728265
印刷所　　図書印刷株式会社

ISBN4-8355-2749-6 C0093